# Hai, Xiao Gougou

# 嗨，小狗狗

李微漪 著

时代出版传媒股份有限公司
安徽少年儿童出版社

**图书在版编目（CIP）数据**

嗨，小狗狗 / 李微漪著. -- 合肥 : 安徽少年儿童出版社, 2025. 6. -- ISBN 978-7-5707-2466-6

Ⅰ. I25

中国国家版本馆CIP数据核字第2025ME0118号

HAI XIAO GOUGOU

**嗨，小狗狗** 李微漪 著

出 版 人：李玲玲 策 划：张 怡 责任编辑：张 怡
责任校对：王 姝 责任印制：朱一之 装帧设计：毛 瑞
插图绘制：三个梨
出版发行：安徽少年儿童出版社 E-mail：ahse1984@163.com
新浪官方微博：http://weibo.com/ahsecbs
（安徽省合肥市翡翠路 1118 号出版传媒广场 邮政编码：230071）
出版部电话：（0551）63533536（办公室） 63533533（传真）
（如发现印装质量问题，影响阅读，请与本社出版部联系调换）
印 制：合肥华云印务有限责任公司
开 本：710 mm × 1000 mm 1/16 印张：12.75 字数：150千字
版 次：2025 年 6 月第 1 版 2025 年 6 月第 1 次印刷

ISBN 978-7-5707-2466-6 定价：30.00元

动物

总能带领我们进入

更慈爱、更温柔的世界

*Hai, Xiao Gougou*

# 引言

因为不喜欢城市的逼仄和压抑，很多年前，我就在乡下寻了一处小院子，接来父母同住。父亲退休以后心心念念想种菜，这能让他回忆起青葱岁月里与母亲相恋时的生活，我必得满足老人的愿望，就在村里给他要了一块菜地——自种自收，或留用或送人，让他们老有所乐。

离着菜地不远，就是我们居住的院落。这里原是一座古镇，由苏式建筑群围成一个小区，小区的周边是大片的农田和园林。每年春天，油菜地里花开成海，深呼吸，清甜的空气在心里酿成蜜。夏天，绿油油的菜地里飞舞着童年的红蜻蜓，可以在小河沟里蹚水抓鱼，听着蝉鸣蛙声；也可以躺在阳台上，听鸟儿在林间清唱。秋天，可以爬树摘果，一面吃一面安抚树梢上跳跃的松鼠：

别担心，果子多的是。冬天，唉，还是别提了，成都的冬天很阴冷，只想待在家里吃火锅，期待着下一个春天的到来。

乡村是宫崎骏作品中的远方，是打工人梦里的故乡，在喜欢的人眼里是净土，在不喜欢的人眼里尽是土。确实，乡村没有城市那么繁华便捷，却也没有太多的规则和身不由己。对于很多偏爱安宁缓慢生活的人来说，住在乡下，人可以呼吸得更顺畅些，动物也相对自由些。

古镇的居住区内统一要求各家各户对自家的狗严格管理、实名登记、遛狗拴绳。但若将狗带出居住区，来到郊野，那里有小则几百亩，大则上千亩的田地、花海、苗圃和许多还未开发的草地、荒树林，只要不嫌泥土脏，就可以放开狗，让它们尽情撒欢了。乡下田野里的狗大多是散养的，它们可以在田间嬉戏，在路上遛弯，到饭馆蹭吃，或者在屋檐下舒服地打个盹儿，到了晚上才是它们看守农田的工作时间。这里的人们对自由散漫的猫猫狗狗习以为常，住在开阔地域的人往往宽容度更高些，农村孩子从小就懂得如何有边界感地与动物相处。

我在这里的家是个三层小楼，我住三楼，父母住二楼，一楼是餐厅，有前院和后花园，后花园之外是一条小河。每家每户后花园的凉亭都临着这条河。书中所讲的故事就发生在这里。

# 目录

CONTENTS

# 第一章 落水狗

2020 年 4 月 11 日星期六，上午 11 点刚过，我正在三楼阳台上坐着，边听新闻边收拾卧室，忽然听见后花园里好像有人惊叫了一声，接着传来一阵骚动。我关掉电视，刚竖起耳朵就听见是我哥哥的声音，他高声叫喊我的名字：“你快下来，出事了！”

啊？！我来不及多想就冲下楼去。

我跑到后花园一看，花园里不知从哪儿跑来一只公狗，乍一看像是北京犬和梗犬的杂交品种。那只狗长得很矮，四条腿加一块儿还没尾巴长，不夸张地说，柯基跟它站一起都显得高。这只狗勉强算是白色，但那是灰白和土黄一通乱撞的污白色，一身蓑衣似的乱毛上挂着几根杂草，别提多埋汰了。再看它的长相，张飞脸萝卜腿，八戒耳朵鲶鱼嘴，下巴像铲车，几颗下牙朝外龇着。虽然它戴着一个跳蚤项圈，显示它也是有主人的，但它邋里邋遢的，像只流浪狗。

最让人无语的是，它虽然体形比我家小贵宾朵朵大了一倍多，却紧追着朵朵不放，两只狗围着我哥绕圈。

“谁家的狗？怎么进来的？”我有点儿发蒙，家里大门都是关着的呀！

“我哪儿知道！”哥哥气恼地说，“我刚才发现的时候，它们已经在一起了！”

什么？！我脑袋嗡地响了，有种不好的预感。

这只狗又大又丑，起码十来斤，我家朵朵只有四斤多重，体弱多病，它俩体形悬殊，小狗怀上大狗的幼崽，肯定难产，搞不好小命就丢了！

说话间，那只狗还在欢天喜地地摇着尾巴追朵朵，任凭我哥怎么吆喝都充耳不闻。我越看越气恼，恨不得拎着狗耳朵，把这位“追求者”给扔出去。

我一抬脚，抓起拖鞋就扔过去，又气急败坏地在院子里蹦了一圈，穿回拖鞋，抄起扫把，向狗撵过去。

我老爸也闻声赶到，抓了个鸡毛掸子来助阵。

“我堵左边！”

老爸配合我围追堵截，哥哥殿后，嫂子则在混乱中护住朵朵。

那狗见这阵势吓了一跳，不敢再逗留，夹着尾巴满院乱窜。它最怕的肯定是我，因为大扫把的威力强，挥舞起来呼呼带风，落叶横飞。那狗急眼了就直往墙上扒拉，真是狗急跳墙了。我老爸年纪大反应慢，鸡毛掸子太短也起不了什么作用，但是他大声吆喝着也足以镇住狗。

那狗腿短，蹿不上墙，退无可退之下，它反倒是冷静下来了。它似乎也看出我爸这边攻防比较薄弱，于是果断转身瞅着空子，噌的一下就从老爸脚边溜了出来，又一扭腰躲过我哥的一脚，接着纵身跃过花盆，一招“梯云纵横”蹬在蜡梅树的树干上，借力一闪从我和哥哥之间飞身而过。嚯！好身手啊！一套动作行云流水，看来是有点功夫在身上的。

狗子会武术，谁也拦不住！只见这狗顷刻间突破重围，从半开的后门挤了出去，蹿到花园外的亭子里。我扒开门，紧跟着追上去，只听扑通一声……

好家伙，我终于知道这狗是怎么钻进我家的了！

沿河每户人家对着河道方向都有一扇后门，在亭子和花园之间，推开后门就是这条小河。河水很浅，只到人的膝盖。河道由高及低，依水势每隔二十米左右的河段就会有一个单砖砌成的拦河小堤坝，使每个河段呈阶梯状下行，层层蓄水。两岸人家在河道里种了睡莲等植物，也有放养的锦鲤。大多数时候，各家后院门都是关上的。

今早我妈打开后门，在亭边喂鱼。哥哥打电话说要过来吃饭，老妈一听儿子要来，撂下电话就出门买菜去了，匆忙中，没有把后门关严实，这狗就顺着早就探查好的水路偷渡过来，“人不知狗不觉”地摸进了门。那时，朵朵正在后院玩，两狗相见，瞬间玩到了一起。

谁知，两只狗儿一出《西厢记》还没唱完，就被刚进家门

的哥哥嫂子发现，急忙把我喊了下来。外来的狗猝不及防被我们一顿轰赶之后，跳河水遁。只见它划动着四条短腿儿，一路狗刨，带着从河床底搅起的浑水，向上游狼狈游去。

没想到它还是只“水陆两用犬”，虽然短腿在陆地上确实吃亏，但下了水却是很实用的“桨”，就像鱼鳍并不需要太长一样，短腿还不用担心被水草缠住。

这狗刚一下水，我家这段河道里养的几十条锦鲤就迅速包围了它。这些锦鲤小的三五两、大的五六斤，平时都是被我们喂熟了的，对人特别亲近，只要水面一有动静就聚拢过来，咂巴着嘴要鱼食。我曾经试过手握一把鱼食放进水里，那些鱼就围上来像婴儿嘬奶一样，从拳头缝隙里吮出鱼食来吃，那感觉痒酥酥的，手还被鱼嘴咬得有点疼。

狗跳水时的动静很大，锦鲤一阵激动，还以为主人今天发福利了，投下这么大块的鱼食。鱼群围上来一看——落水狗一只。我猜可能狗翻搅起来的泥浆里带起不少沙虫子，这群看热闹不嫌事大的锦鲤摇头摆尾地跟着狗游上去，一路咂巴着鱼嘴围着狗使劲嘬。

有的锦鲤就像作弄狗似的一下就吮到它的腰肋上，那狗又痒又疼，提着一口气叫也叫不出来，只好边游泳边扭腰闪避，逃亡途中还被鱼嘴各种胳肢，这画面看着还挺解气。

那狗好不容易翻过了我家这段河道的小堤坝，总算摆脱了锦鲤的围攻，又拖着泥、带着水地游到了上游离这里二十多米的小堤坝处。眼看它游远了，我和老爸还站在岸边用扫把拍打水花虚张声势。

游到上游堤坝处，估计那狗的力气也用得差不多了，青苔滑溜，它使劲挣扎了几次都没爬上河堤去，只好直起身子立在水里，用前爪儿扒着河堤稍作休息。上游水浅，它站在水里，那水也就齐它的腰深。它扒在堤坝边一个劲喘气。安全距离拉开了，狗站在水里冷得直发抖，我站在岸边气得直哆嗦。

那狗心有余悸地回头看看有没有“追兵”。当它的目光和我对上的那一下，它吓得差点又一个跟头栽进水里。它瞪大了眼睛，白眼儿都翻出来了，地包天的下牙上还钩挂着一溜水草，估计没少呛水。

看它那副狼狈样，我有点忍不住想笑，再一想又很气，不管怎么说，还是有点不忍心。才刚开春，水有点冷，要不要过去把它捞起来呢？转念一想，不行，刚才一番穷追猛打，我才是它最大的威胁，也许对它而言，与其落在我手里，还不如泡在水里踏实。况且，就算我好心过去捞它，万一它不领情，以为我要抓它，情急之下，咬我一口怎么办？总之，别人家的狗，不了解性情，还是不要惹为好。

再说了，我这一通操作下来，还指望它记我的好不成？反正它在水里站着也淹不死，让它自己缓缓，有本事游来就肯定有本事游回去。等会儿把这狗的照片发到业主群里问问，喊它的主人下水去捞它。找不到主人就告诉物业的工作人员，让他们拿网兜来打捞。

我伸手试了试河水的温度，还挺凉，心想这狗为了我们家朵朵，也是够拼的。

这是谁家养的狗，闹出这么大动静了，都不见主人露面？居住区里可是要求规范养狗的。

哥哥把扫把扔回墙角，瞪了一眼朵朵："看你惹来的事！"

朵朵低着脑袋、夹着尾巴缩在门边，小身子微微发抖，眼珠子忍不住往河道方向瞟了一下。

"李小朵！你还看！"我虎起脸说，"我不同意你俩一起玩！回屋去！"

朵朵大名李小朵，只有生气时，我才会喊它的全名，对它颇有震慑力。

我进屋就给兽医打了电话，兽医问："你亲眼看见它们配对了吗？"

"这倒没有，我就看见那只狗跑到我们家来了，是只公狗。"

"哦，那也可能就是来串个门，你别太紧张了。"

吃午饭时，我在业主群里发了狗的照片并附了言："谁家的狗？赶紧去捞。"半天没人来认领，倒是有几家邻居说这狗也常钻到他们家，也是走水路，偷吃他们晒在院里的香肠腊肉什么的，很饿的样子。它的主人貌似不怎么喂，也不管，就放养着。

饭后，我不放心，又回到河边看了一眼，"肇事狗"已经走了。我顺着湿漉漉的狗爪印和一路的水痕，跟到了一户人家的院子外，叩响门环喊了一嗓子，没听到狗叫声。奇怪，看痕迹，狗应该是进去了呀，怎么不叫唤呢？

我又喊了几声，那家的主人来开了半边门，是个老阿姨。那狗也在，浑身湿淋淋的，一看见我就往门后躲，不知道是冷得发抖，还是怕得发抖。

我说："你要给它吹干，不然会感冒。"

老阿姨感到莫名其妙："你是谁啊？什么事？"

"哦，阿姨您好，我是住在六号院子的邻居。"我拿出手机，给阿姨看了刚才的视频，告诉了她事情的经过：这狗跑进我家了，我家又有小母狗，怕发生意外，所以请她约束好自家狗，避免再发生闯入邻居家的事件。我又说：“我刚才发到业主群的消息，您可能没看见，所以上门来问问。”

“我看了，不就是吃点香肠腊肉嘛，几个钱的事，我赔他们就是了，也值得在群里面说。”阿姨满不在乎，“这狗我们管不住，它爱跑我们也没办法。你又没损失什么，赶走就行了，人不要跟狗计较。”

看她这态度，我也不愿意跟她多说什么。养狗人的素质也是参差不齐的，想想都是邻居，低头不见抬头见的，我忍了。

也罢，看狗怕成那样，估计以后再也不敢到我家来了。这事儿就翻篇吧。

我家朵朵今年四岁半了，是只白色贵宾犬。朵朵一身卷卷的毛像一团棉花糖。它文静胆小，缺乏安全感，幼年时不是躲进我怀里就是躲在床底下，外出还喜欢躲在车子下面。刚开始我叫它“躲躲”，后来给它上“户口”就随了我的姓，小名也改成了“朵朵”，我不希望那个胆小的名字跟随它一辈子。

至于轰走那只大狗的事，有朋友笑话我：你不是一直挺开明的吗？既然双方都愿意，为什么不让它们自由交往？仅仅是因为怕品种不纯？还是怕生多了小狗麻烦？

这都不是我最怕的，我最怕的是朵朵根本过不了生宝宝这个鬼门关。

我来讲讲朵朵的来历和它这四年的成长过程，旁人就会明白要它当妈妈是多么危险的事情了。

# 第二章

## “杯具”中的生命

时间退回到2015年的11月，那是我最不想出门的冬天。老朋友吴娅，绰号“乌鸦嘴”，非要拉我进城去吃火锅。

我俩开着车，眼看着就快到火锅店门口了，突然看见前方小街上一堆人在围观什么，猜想可能是车辆刮擦。我们不爱管闲事，开着车在人群后面缓慢行进，想找个停车位。

突然车前白影一晃，有什么东西蹿到了车底。乌鸦嘴紧急刹车！人们的目光突然就转向了我们，纷纷围了过来。一个矮个子男人分开众人，跑上前来，一个劲拍我们的车窗：“不要动，不要动，我的狗在你车子下头！”我们赶紧熄火，下车查看。

一看到地上有些血色的擦痕，我心都捏紧了：“我们轧到狗了？！”

“不是，是它手术伤口崩开了。”矮个子男人从车底下拖出了一只小白狗，狗肚子上保护伤口的纱布已经被磨掉了，一片脏兮兮的血污下露出一道剖宫产的刀痕，崩开的伤口直往外冒血。这狗妈妈嘴里含着个肉乎乎的东西。矮个子男人从它嘴里抠出那东西，丢进垃圾桶，吼道：“让你跑！”

我一看，他扔掉的是个小狗崽，还在动！我赶紧捡起来，双手合拢，把它焐在手心里暖着它。

“狗崽还是活的，你怎么能把它丢了呢？”我有点冒火。

“你要你就拿去！赶快带走，免得它妈又跑出来捡。”矮个子男人根本不想和我争吵，头也不回地拎着狗进宠物医院了。

被抓走的狗妈妈，目光穿过人群，一直看着我。这世界上它最在乎的生命就在我的手心里。我捧着狗崽，把小家伙微凉的身体贴在我的脸颊边。这是狗妈妈看到孩子的最后一眼，也是我见到这孩子的第一面。

从我捧起它的那一刻起，我就知道这小东西可能是个大麻烦了。

乌鸦嘴买回来几个馒头，自己拿了一个啃着，剩下的馒头连同打包盒一起递给了我。我掰开馒头，用手腕试了试——和小狗洗澡水的温度差不多，正合适。我们俩都是有养狗经验的人，这点应急的默契还是有的。

我把小狗崽夹在馒头里保温，放进了打包盒里，这是它的第一个暖床。

乌鸦嘴一路开车一路忍不住笑：“就叫它‘热狗’如何？”

不合适，我不想用吃的来取名。我家巷子口有条狗取名叫“烧饼”，有一回跑丢了，主人一路找一路喊“烧饼”！隔着老远都有人追问：“怎么卖的？”“有没有包子？”

我想起狗妈妈叼着狗崽躲在我们车下的场景，说：“不如叫它‘躲躲’吧。”

“朵朵？八万只狗都叫朵朵，这名字也太大众化了。”

“土名好养活嘛，它是只母贵宾，你想养不？”

“我才不要呢，我家已经有柯基了，你起的名字当然你养。说实话我挺讨厌贵宾的，那玩意儿咋咋呼呼的，还喜欢抱人的腿。”

“我也……嗯，我喜欢耳朵支棱起来的狗……像狐狸那样。”

狐狸是陪伴了我十多年的博美犬，2014年8月12日回了“汪星”。这才一年多，离别之痛犹在，我实在不想养另一只狗去取代狐狸在我心中的位置，更不想再承受一次失去的痛苦——它们的寿命太短了，这注定是个悲伤的种子。

“你呀，过去的就别再想了，你该走出阴影了。”乌鸦嘴拍拍我的手背，“这不是又有一个小家伙赖上你了吗？说不定是狐狸转世找你来了呢。”

“别这么说，万一养不活它，我更难过。”

“你如果怕，先养一养，等它大一点再给它找个好人家吧。”

“救得活再说。”

火锅没吃成，却打包了一盒“热狗”回家，命中注定我要遇上它吗？

既来之，则安之。

我一回到家，就开始寻找可用的东西，从狐狸的遗物里找出小电热毯，再给它弄个暖瓶。朵朵双目紧闭，气若游丝，皮肤裸露，个头就比仓鼠大点儿，没有毛发，尾巴极短，还有一个断口，若非知道它是幼犬，乍一看还以为是刚出生的熊猫幼崽。我回想起狗妈妈的伤口，那起码是一周以前的旧伤。通常出生十来天的狗差不多都睁眼了，可朵朵还像个胚胎一样佝偻着，怎么会有这种状态的狗崽？

朵朵自主呼吸很困难，鼻头微微发紫，给它揉搓后，它才勉强喘上气儿。但它的气管天生就很窄，小脑袋多扭了一点，都容易把气管给堵了，于是它就会不断地咳嗽气喘，一会儿不辅助呼吸，它的舌头就会憋得发紫。它体温很低，没法自主进食。我拿最细的针管给它喂羊奶都只能一毫米一毫米地慢慢推。但它吃进去后，不多时，又吐了。

这样子确实很难养活，还是得找到它妈妈，吃母乳才行。

第二天，我怀揣着朵朵，找到那家宠物医院，打听狗妈妈的情况，想跟狗主人商量一下，把狗妈妈接过来或者买过来我一起照顾。

兽医连连摇头：“你别指望那个狗妈妈了，已经死了，今天早上刚送走的。”

啊？我心里一凉，下意识地捂住了怀里朵朵的耳朵，即便它听不懂，我也不想让它听到。

从医生的口中，我大概知道了事情的原委——

朵朵是一只“茶杯犬”。

茶杯犬并不是一个犬类的品种，而是用来代称一种体形超小的狗。这种狗通常体重不超过三斤半，身高不超过20厘米。这种微型狗小到可以放进一只茶杯里，因此被称为“茶杯犬”。

怎么会有这么小的狗呢？据说是在20世纪，美国的一只玩具贵宾犬基因变异，停止了发育，形成了娇小玲珑的身体。人们觉得它小得好玩，就大肆追捧炒作，一只茶杯犬甚至可以卖到几十万的价格。有暴利就会有人挖空心思去培育生产，而贵宾、博美、吉娃娃这些原本体形就小的狗妈妈就成了实验对象。为了满足人们对于小巧可爱的狗的偏好，狗贩子会将一些幼犬直接从孕期未满的狗妈妈肚子里取出。因此茶杯犬都是人为的早产儿，器官没有发育完全，可想而知这种狗非常虚弱，寿命也比普通狗短得多，通常只有4—6年。为了让它们保持娇小的体形，有些人还会给它们终身打缩小针。

茶杯犬的确给狗贩子带来了巨大的财富，但对狗来说是十分残酷的，每一只能活着到达饲主手中的小可爱，身后都埋葬着无数生命。朵朵就是这些牺牲品中的幸存者。正常狗的孕期总共是两个月，而狗贩子提前半个月就剖开了狗妈妈的肚子，掏出了三只小狗崽。老大存活的可能性大一点，被留下了。老二剪断脐带后没一会儿就死了。老三，也就是朵朵，它出生时体重只有58克。三只幼崽加起来还不及一部手机重。

狗贩子把狗养了些日子后，昨天带狗妈妈来宠物医院换药，又要求给两只狗崽断尾。医生告诉他朵朵太过孱弱，给它“续命”的成本很高。狗贩子算算不值当，就干脆把朵朵扔进了街对面的垃圾桶。结果狗妈妈像疯了一样跑到垃圾桶里，又把它叼回来。这一举动引得很多路人围观。狗贩子连着丢了朵朵两次，狗妈妈都把朵朵找回来了。第三次，狗妈妈叼着朵朵藏到了我们的车子下面，于是有了前面发生的事。

狗妈妈到底是怎么死的？是术后感染、遭受虐待，还是其他什么原因，关于这个，兽医只是两手一摊，撇嘴道：“是那人自己要求给狗进行手术的，我们签了免责协议，这可不赖我们。”

朵朵没有妈妈了。

我带着朵朵离开了这家“爱心宠物医院”，又去别处采购了一些必备的药品、食物和氧气罐。接下来只能靠它自己了，但愿这小家伙福大命大。

# 第三章

## 睡在心窝里的狗

了解了朵朵是早产儿，至少我知道该怎么去救它了。但我也不得不承认先天的不足是后天很难弥补的。

把早产小狗放在手心像握着一个果冻，凉丝丝的。它随时可能失温夭折。仅靠电热毯和暖瓶是不行的，温度不好掌控，而且它的皮肤容易被烘得很干，到了半夜，水瓶凉了，它还是冻得唧唧叫。眼下唯一的办法就是用身体给它取暖。我把它放进衣服里，敞开领口透气，再穿上羽绒外套。朵朵太小了，我把它揣在胸口，别人都看不出来那儿有一只狗。

我养过这么多动物，朵朵是唯一破例被允许睡在我被窝里的狗。没办法，它日日夜夜都得靠体温保暖，否则就有可能冻死。好在它的吃喝拉撒被我调理得非常规律，我又有大把的时间，能把它打理得干干净净。

朵朵满月的时候，有了纯白卷曲的毛发，但是脑袋只有乒乓球那么大，身体轻飘飘的。它的腿非常细小，比筷子还细，柔若无骨。我连打喷嚏都小心翼翼的，生怕一个喷嚏打猛了，就把怀里的它挤压骨折了。还好，无论我怎么动，它都能很安静地睡觉，偶尔做个梦，翻身换个姿势。我猜，如此紧贴着，我的心跳声可能就是它梦中的主旋律。夜深人静的时候，我也能感觉到它的小心脏在轻微地跳动，微弱而倔强，每一次跳动都好像在说“放心吧，我还在”。

满月后，朵朵开始换食，我自己给它配制各个时期所需的营养食物，用料理机打成糜，再烘干成一捏就碎的自制幼犬粮。

在朵朵的整个婴幼儿时期，如果肚子饿了，它就从纽扣间的缝里探出头来，仰着脑袋，用两只大眼睛盯着我，我就喂它几颗羊奶泡软的犬粮，配上一点营养膏。如果它要撒尿，就会扭动身子，用软绵绵的小爪子交替挠我的脖子，我就懂了，把它掏出来，放在尿垫上。它解决完了，转身就抱我的脚指头，用尽全力想往上爬，于是我又把它捧起来，擦干净了，揣回怀里。

别的小狗睡在狗窝里，朵朵睡在我的心窝里。这感觉很怪，我养的是狗还是袋鼠呢？

别的小狗满月时都能满窝爬了，而朵朵的关节发育不好，协调能力差，一个半月了还不能平稳站立，拉屉屉需要我帮忙拎着它的腰，不然它可能会坐上去。有一次，它大概是拉得舒服，摇了个头就摔倒了，脏了，我只好打盆水给它洗澡。

保姆路过，跟我客气：“你在洗袜子啊，放着我来吧。”

我啼笑皆非：“我洗的是狗，您看，有鼻子有眼。”

也许是在娘胎里游泳的记忆还未消退，朵朵特别喜欢泡澡，甚至爱扎进水里划动几下。游泳既能让朵朵适量运动，又不至于让它的关节承受太大压力。

我每次在水槽里洗朵朵的奶瓶的时候，它就一个劲儿扭腰从我怀里爬出来，想往水里跳。于是我就用婴儿澡盆接满一大盆温水，兑上它没喝完的奶，让它泡个奶浴，游上一会儿。有时候奶剩得比较多，水白，狗也白。我拿个毛巾的工夫，狗就不见了。我不禁觉得好笑，谁见过给狗泡澡的时候还要准备一个漏勺的？！

那段时间，朵朵改变了我许多生活习惯，例如，睡觉的时候只能侧躺，不能仰卧，不然被子可能让它窒息；生气的时候，只能顿足，不能捶胸，因为那里有狗；手机铃声设置成了奶狗的狺狺声，这样在谈工作的严肃场合，别人若是听见我怀里有异响，也能有个合理的解释；和朋友看电影的时候，朵朵也从纽扣间的缝里探出个脑袋来，饶有兴趣地一起看，看困了，又缩回去睡觉。散场时，朋友把座椅前后都找了一遍，问道："奇怪，我好像看见你戴了一个小狗头模样的胸花，是不是掉了？"

我说："你看错了，我没戴胸花。"

家里能铺地毯和软垫的地方全铺上了，因为朵朵的骨头是脆的，关节是软的，从床上掉下来会骨折，从怀里掉下来，可能直接就死了。

朵朵三个月大时，终于能正常行走坐卧，下地时间也逐渐增多。我一直担心先天不足会影响它的智力，试着教它一些口令。我发现当四周安静的时候，它学得很快；可一旦有风吹草动，它就会分心，下意识地低头收耳朵，表现出心悸与畏惧的样子。有一次，它正在啃磨牙棒，风吹得百叶窗啪啪一阵响，它吓得踉踉跄跄躲进了床底下，我怎么喊它都不出来。那模样像极了它妈妈叼着它躲在我们车底下的样子。

它并非专注度不够，而是专心防御。比起其他玩起来没心没肺的小奶狗，它明显自信心不足，对外界的信任度低。

如果说，人类认为胎教是能被孩子感知到的，那么朵朵和它妈妈在一起的最后一天，它脑海深处是不是也印刻着恐惧带来的阴影呢？

朵朵四个月大的时候，能满地跑了，显露出了小狗活泼好玩的天性，和我有了更多的互动。它会用喉咙发出咕噜咕噜的声音，吸引我的注意力，然后坐在电视柜前面，伸爪子指指挂在墙上的毛绒玩具，那些是我抓娃娃赢回来的战利品。它回头看着我，表示它想要，我随手取了一只玩具狗给它，它不要，又用爪子指着小飞象。

“你在教我做事啊？”我惊讶于它明确的表达方式，这小家伙好像挺聪明。

养朵朵之前，我养的多是中大型犬，没有太多关注过这种小型犬。在我的预想中，小型犬大概率是“傻白甜”。可是那天它反过来操控我，确实让我有点意外。我上网查了一下贵宾犬的智商，吓了一跳。在某个世界犬类智商排行榜中，贵宾犬竟然仅次于边牧，排名第二。没想到它还是只高智商小狗。

朵朵五个月大的时候，正值春暖花开的季节，我用一只毛巾袜子给它做了一件小背心。朵朵终于能够完全脱离我的怀抱，和其他小狗玩一玩了。遇见大点儿的狗，它还是会紧张地跑回来，寻求我的保护。我最心疼的，就是朵朵的半截尾巴。每次上药的时候，我都会想起它奄奄一息地躺在垃圾桶里的样子。它那时候能不能活命都成问题，那人还要给它断尾，仅仅为了人类的“审美”。

朵朵在我心窝里住了一个冬天。乌鸦嘴后来调侃我说：“你这不就是又怀了它小半年嘛，比亲妈还久。”

# 第四章

## 会跳舞的小精灵

朵朵半岁的时候，各种疫苗已经打完了。由于身体原因，它比正常小狗疫苗打得晚一些。朵朵的体形只有正常发育的两个月奶狗一般大。它的身体协调能力依然很差，豌豆大的心脏要输送全身的血液。它不能运动太久，走不了多远就“没电”了，跑不了几步就摔跟头。

春天里，小山坡上的桃花开得正艳，我和乌鸦嘴在树下写生，朵朵在我们旁边晒太阳、追蝴蝶。它小巧呆萌的样子，让很多游客驻足观看，特别是姑娘们，一看见它就走不动路。有个穿汉服的女生忍不住直接把朵朵捧起来拍照。

我还没来得及阻止，朵朵就惊慌地从小女生的掌心跳了下来，咚的一声掉在草地上。那一摔，朵朵痛得直打滚，吱吱惨叫了好一会儿才缓过来。它挣扎着躲进我怀里，再不敢出来。它害怕被陌生人抱。它是个瓷娃娃，一碰就碎。

当时，我们都很担心，摸遍了它的骨头检查，幸运的是，草地很软，这次似乎没有受伤。

此后，遇见陌生人想抱朵朵的话，我都会替它婉拒。如果是熟悉的人，朵朵就比较放得开了。

不久，有朋友约我去他的农庄开派对，因为去的都是熟人，我就带了朵朵去。

那天，朵朵跟大家玩得很开心，它显得异常兴奋，在长长的沙发上蹒跚着跑动，挨个儿跟大伙儿亲热。晚会到了高潮部分，音乐更富有节奏感了，突然有朋友惊奇地指着沙发上的朵朵："快看，它在跳舞！"

大家循声看去，朵朵刚开始还只是随着音乐微微点头，似乎在感受节奏，不一会儿就开始踮脚打节拍，小脑袋晃啊晃，小屁股一颠一颠地摇摆起来，那副陶醉于舞蹈的样子，配上它那长不大的小精灵似的外表，简直太萌了。

朵朵越跳越激动，就像装上了小马达一样，尽情摇摆起来。它完全进入了忘我的状态，引来阵阵掌声和欢呼声！

"太萌了，像个电动玩具一样！"

"你教过它啊？"

"我没有啊！"

"那它怎么跳得这么好？"

尽管大家都觉得它跳得很欢实，但我知道朵朵不是"社牛"，事出反常必有妖！我端详朵朵的表情，一种不安的感觉袭来。它的动作与其说是在跳舞，不如说是在抽搐。我喊它，它听不见；喊了口令，没有任何反应！那眼神不是忘我陶醉，而是空洞迷茫！它的身体已经完全脱离大脑的掌控，状态类似人类的癫痫发作。但它所有的病态都被蓬松而卷曲的毛和可爱的外表掩盖了。

一个停不下来的会跳舞的小精灵，在人们的赞美声中筋疲力尽。

朵朵被确诊为舞蹈症。这是一种神经系统疾病，没有固定的发病时间。它的病可能是头部受伤引起的，也可能是先天的。舞蹈症的病因很复杂，难以追根溯源，治不好，将伴随它终身，活一辈子抖一辈子。这种病和帕金森病、阿尔茨海默病一样属于慢性绝症，尚无有效的药物来疗愈。

医生告诉我，这种人工早产的小狗本身神经发育就很不健全，一激动起来脑子随时可能“短路”。它的各种器官也是“半成品”，尚未发育完全就投入使用，随着它的成长，可能会有各种疑难杂症，不可预知。

朵朵做了脑脊液穿刺检查，医生开了各种促进脑部发育、修复神经的药。我也只能通过长期精心调理，尽量控制和缓解朵朵的病情，减少它发病的次数。它发作厉害时，只能打镇静剂。一旦发病，朵朵会没日没夜地狂抖。在极致的癫狂“舞蹈”中，它甚至无法发出一声哀嚎和求救，让别人知道它有多难受。舞蹈症发作的小狗停下来喝口水都费劲。如果它真是玩具，我还能立刻取下它的电池。但它是血肉之躯，哪怕体力早已耗尽，病痛也丝毫不会放过它，即使倒地也不会停下，直至晕厥。

它依旧常常“舞蹈”，若恰好有外人看到，还是会赞美：“可爱死了！”

听多了这样的赞叹，我只能苦笑：真的会可爱死的……

茶杯犬，舞蹈症……这些看似优雅的名字的背后却是残酷的真相。

我问乌鸦嘴：“为什么会有人去追捧这种病态的小巧呢？”

乌鸦嘴反问我：“为什么古代人钟爱三寸金莲呢？”

# 第五章

## 不要把我送人

起初，我和很多人一样，对贵宾犬没有什么好感。这种狗喜欢胡乱叫个不停，爱惹是生非。从个人审美而言，我喜欢耳朵立起来的狗，一看就透着一股机灵劲儿；我也喜欢身体健壮、活泼好动、顽强且有个性的狗。带着这样的狗，开着车，听着歌，游遍大好河山，这才是我喜欢的生活。我一个野惯了的人，却养了一只天下最娇弱的狗，也是挺违背初心的。

我收养朵朵原本就不是因为喜欢，而是当初看到它妈妈那种乞怜的眼神不忍心。

我本想着把朵朵养大一点，就为它找个好主人，所以在相处中也一直约束着自己，不去跟它亲近，一来怕自己养出感情；二来觉得什么狗都不如当初的狐狸好；三来怕朵朵产生依赖，最后离不开我。因为害怕分离，所以不想开始。何必去种一个苦果呢？

谁知道朵朵的体质如此差，虽然喜爱它的人一大把，可是我根本无法放心地把它交给任何人。就这样，我像对待一个养女一样，尽着家长的责任，却始终客客气气地和它保持距离。

朵朵很善于察言观色，它大约也能感觉出来，我心里没有多少它的位置，对它不会溺爱。因此它活得小心翼翼，每天一睁眼就挖空心思地讨好我。

每天早上我醒来，朵朵就站立在床边，用小爪子扒着床沿哼哼唧唧——求抱抱！

我只是简单地摸摸它的脑袋瓜：“乖，去洗把脸。”它就舔湿爪子，给自己打理干净，有时候还会改变一下造型，把耳朵往后捋，然后很期待地望着我——“看，我的耳朵立起来了！现在你喜欢我了吗？”

朵朵也想为这个家操一份心。家里有外人来，它会探出头在楼梯那儿察看动静，然后跑上来汪汪叫几声报信。我说：“好的，我知道了。”它就安静下来。朵朵是个惜字如金的狗，该闭嘴时就闭嘴，大概它也清楚自己没什么看家御敌的实力吧，所以只能放哨，不敢冲锋。用我妈的话说，就朵朵那体形，叫一声，小偷都要找半天。

我写作的时候，朵朵会凑过来，把手搭在我的膝盖上挠，然后偏着脑袋依恋地靠在我的腿上。我不抱它，它也不闹，就这样两腿立着，可怜巴巴地望着我。我被它看得不自在，也担心它站久了对关节不好，就勉强抓起它，放在腿上。

它很高兴——“我就知道你最疼我了。”它乖乖地抱着我的左手，在我的臂膀里用一个舒服的姿势卧着睡觉，或者把下巴搭在书桌边上，悬挂着脖子打盹儿。尽管这样的姿势远没有在窝里躺平了舒服，但只要能闻着我的气息，它就很满足。

朵朵也试过得寸进尺，想通过撒娇耍赖来达到目的。我拖地的时候，它固执地拽着我的裙摆，非要我陪它玩。结果我拎着它衣服的后领子，把它挂在了墙上，拖完地才把它放下来。如此两次以后，它懂了，跟我耍赖没有用，凡事只能好好商量，不然又要被挂在墙上了。

不过朵朵确实聪明，它会反过来训练我：用声音来提醒我，用动作来指挥我，以达到它的目的。除了让我给它拿墙上的玩具、选它喜欢吃的零食外，它还知道怎么去争取它没有的东西。

我们去乌鸦嘴家做客，朵朵看到她家的柯基睡小床，就跑到我面前来抱着爪子作揖，哼哼唧唧的，然后再跑去柯基那边，用爪子搭着那个小床，表示它也想要。

我一琢磨，孩子大了，我们是该分床睡了。乌鸦嘴给了我商品链接，我给朵朵选了一个木头做的小小的公主床。

安装好那天，朵朵高兴得又蹦又跳，不停地作揖感谢。我给它铺好小被子，戴上睡帽。那天晚上，朵朵居然奶声奶气地打起了呼噜。

比聪明更难得的是懂事。朵朵有点洁癖，一张中号尿垫，它最多只尿三次，之后必须换新的，因为它不喜欢弄湿爪子。它会一直把我往卫生间领，指着尿垫，求我赶紧给它换。如果我不小心把它关在门外，它不会狂吼乱叫，只会“汪”地叫一声，然后等着我开门；如果没等到，间隔一分钟左右，再叫一声“汪”，就像一个人礼貌地按门铃一样。

茶杯犬是很挑食的。如果我递给朵朵的食物它不爱吃或者已经吃饱了，就会在食物旁边或者我的指尖上轻轻舔一下，以示尊重——“谢谢，这个我就不吃了！你留着吧。”这种人类礼仪，它是怎么学会的？给挑食的狗做拒食训练很容易，它不在外面吃东西，即使是熟食，它也要等我买回家才吃。它更不会去翻垃圾桶或者吃来路不明的东西。这是它最乖的，也是最让我安心的一点。

我和朋友们在外面喝茶，它就像一个靠垫一样，卧在我座椅背后，安安静静的，如同不存在。散场时，朵朵跳下椅子，跟我回家，大家这才发现我带了一只狗，几个小时了，它就这样老老实实、一声不吭地等我。

朵朵“为狗”低调谨慎，它从不乱咬东西，好像怕惹我生气。那些我挂在墙上的娃娃都是它喜欢的玩具，它隔几天就央求我取下一只来给它玩，玩够了再换一只。我洗干净后挂回墙上，它们仍是完好无损的。

朵朵特别会看脸色。有一次，我掉了一张纸在地上，它凑过来嗅啊嗅，用爪子摸摸，又不敢真的咬，只敢趴在纸前面隔空做着撕咬的动作，干过瘾。我看着想笑，磨牙啃咬是小动物的天性，连这它都极力控制，我有那么严厉吗？

我告诉它："那张纸我不用了，你想撕就撕。"它看了我好一会儿，琢磨我表情的细微变化。直到我肯定地说"拿去吧"，它才激动地把纸叼走了。那张纸，承包了它一天的欢乐。原来它这么容易满足。

偶尔，它也会忍不住抱我的腿……我脸一沉："李小朵，你考虑好！"它一听，赶紧收敛。

这几个月时间里，我见过三个想来领养朵朵的人。

第一个阿姨是上班族，她家里有猫，我担心阿姨不在家的时候猫会欺负朵朵，毕竟朵朵是见到松鼠都会吓到腿软的家伙。闻到阿姨身上的猫味，平日里沉默寡言的朵朵全程叫个不停。哪怕我喊"坐"这种平时朵朵熟悉的口令，它都像傻了一样听不懂。它叫着叫着，还把碗打翻了，弄得一身都是奶。我送走了阿姨，它就乖乖坐下了，沾沾自喜地摇着尾巴。

第二个单身小伙子倒是不用上班，在家工作，想找一个陪伴他的小动物，好让家里不那么冷清。我猜他是从事 IT（信息技术）行业的。我看了一下他家里的照片，有一种凌乱美。他每天点外卖，几乎不烧火做饭。我担心朵朵吃不好。

而这次，朵朵躲在暖气片背后，小伙子想尽办法也唤不出来它。

第三个女孩就显得很精致与整洁，她开着一辆跑车到了我家门口。

她欣喜地抱着朵朵，用早就准备好的针梳把朵朵梳得像一朵蒲公英，贴着脸亲了又亲。看来她是很喜欢朵朵，第一时间给她的同学发了几张自拍照。

我有点担心，因为大学生的弃养率是最高的。我问她："你还在上学吗？"

她回答："我已经毕业一年了。"

"毕业一年就有房有车了，很能干啊，你做什么工作呢？"

"做爸妈的思想工作。"她笑了，问我，"这狗以后长不大了吧？"

"不，她可以长大。"

"那不用，就这么小挺好的！"

……

挺好是吧？朵朵当即在她车上尿了一泡，还啃咬了真皮车座。我连忙把朵朵抓开，帮女孩收拾。对朵朵这种反常表现，我都不感到意外了。但凡有来领养的，朵朵不是在人家身上拉屎撒尿，就是狂吼乱叫，要不然就是当面表演"拆家"，竭尽全力展示它讨人厌的一面。为了赖在这个家里，它已经使出了一只狗的"洪荒之力"。

我也不知道是我太挑剔，还是真的没那缘分，朵朵一次又一次被我留下了。

每次，看我送走了领养人，朵朵就显得格外得意，它顺着沙发靠背爬到我肩膀上，抱住我的脖子蹭啊蹭——“我知道你舍不得我。”

我轻轻拨开它：“你想多了，我就是怕别人又把你送回来。麻烦。”

它继续凑上来，吧嗒吧嗒地舔着我的耳朵，像说悄悄话——“不要把我送人好不好？”

那毛乎乎的嘴蹭得我直起鸡皮疙瘩。我对它的糖衣炮弹刀枪不入，皱着眉头一把抓住它的小尖嘴：“别闹！”

再要教育它时，它已经抱着我的脖子睡着了。

我想，很多人对小型狗的误解大概就是这几点——省事儿、好养，又花钱少，不会拆家，不乱搞破坏，给口吃的就喂饱了，家里空间小也足够它跑。

然而，养过小狗的人或许会有同感——吃喝拉撒要引导，磨牙掉毛勤打扫，免疫驱虫必做好，一旦生病三步倒。犬类社交时，犬主得随时保护小狗，因为惊喜往往伴随着意外。大狗能扛过去的犬瘟，小狗不一定能扛。狗若生病，治疗费高昂。这时，很多新手犬主才会醒悟，买狗只是交了首付，月供才是“炸弹”。

于是，人们总有一万种遗弃的理由——工作忙、搬家了、怀孕了、不爱了，狗子不听话、掉毛、体臭、咬人、护食、生病了、跑丢了……其实总结起来只有三个原因：不想负责、不想麻烦、不想花钱。

谁都希望能养一个健康活泼的宝贝，谁又愿意自寻烦恼呢？与其期待别人对朵朵尽心尽责，不如自己勇敢承担照顾它的重任。

再后来，朵朵得了舞蹈症，那高昂的医疗费足以劝退大多数“铲屎官”。我更不想把朵朵当作一个烫手的山芋扔出去——即便不爱，也要负责任。

# 第六章 做好最坏的打算

朵朵的舞蹈症时好时坏，它也一天天成长着，但抽搐起来实在让人揪心。有时候它走着走着，后腿会突然抬高颤抖起来，此时我若用手摸它的后脖子，它会发抖，并且因前腿无力，常常低着头。经过一段时间的治疗，朵朵的这个病也不见有什么起色。

有一天在散步的时候，我们遇到一个遛狗的老爷子。他的狗两条后腿均有残疾，依靠着特制的轮椅活动，远看好像哪吒踩着风火轮一样，还跑得很是欢快。看来这个世界还是有奇迹的，不是吗？

朵朵跟那狗互相嗅闻打招呼，似乎是病友间在相互鼓励，又似乎这点病痛丝毫不会影响它们跟随主人郊游的兴致。我在想，会不会有一天朵朵病情恶化至瘫痪，需要我给它做个轮椅呢？于是我主动跟老爷子搭讪。

老爷子告诉我，他的狗外号叫“老南门三太子”，那轮椅是他自己给狗做的，外面没的卖。他又奇怪地问道：“你的狗不是好好的吗？问这干啥？”

我就给他说了朵朵舞蹈症的情况。他把朵朵招呼过来，前后撸了一遍，指着它的后脖子说：“就这个部位你给它拍个片子看看，从这儿到这儿。”

我看他手法挺专业，问道：“大爷，您是做什么的呀？”

“爱狗人士而已。”老爷子拍拍手站起身来淡然一笑，“你带它去看看吧。”说罢，他招呼“三太子”继续遛弯去了。

隔天，我带朵朵去医院复查，做了各项检查却查不出个病因，我想起老爷子的话，就要求给朵朵的颈椎做了核磁共振——这次确诊了它有查理样畸形。宠物医院当即给了我一张病危通知书，我整个人都傻了。

我问医生：“到底得的是哪种病？”

“两种病都有，都是神经系统的问题。”

“上次为什么没有查出来这个病？”

“上次又没有查颈椎。”

“现在该怎么办呢？”

“可以动手术，再配合药物治疗，不过这种小狗动手术风险大，费用高。”

“有多高？”

“那说不清楚，看你诚不诚心治。之前有只德牧，花了二十万，最后还是没救活。这么小的狗，治好也活不了几年，建议安乐死算了。”

安乐死？这是每个狗主人都接受不了的晴天霹雳。朵朵昨天还活蹦乱跳地跟着我散步，今天就被判定生命将要走到尽头。我心里五味杂陈，既心疼朵朵遭的罪，又不知道该不该信任这家宠物医院。

我看着“手术免责协议”，犹豫了。朵朵不犯病的时候跟正常小狗一般，是不是必须做这种大手术呢？

我找乌鸦嘴商量，她建议试试中医治疗。

经过几番周折，我通过保护站的朋友介绍，找到了一个从事兽中医行业三十多年的人。说实话，我接触过兽西医，接触过牧区的藏医，但从没接触过治疗动物的中医。乌鸦嘴陪我们去找中医的路上，我脑子里想的全是中医怎么给狗号脉。

哦，老中医看舌象，做神经传导检查，当然，他也要看看片子，我庆幸核磁共振总算没有白做。这个老中医看来是有点本事的。把朵朵送去的时候，它正好在发病中，老中医二话不说开始扎针，半小时后，朵朵的抽搐明显缓解了。我挺高兴，以为找到救星了。

但我可能确实低估了朵朵病情的严重程度。

老中医告诉我，朵朵的情况并不乐观：所谓查理样畸形就是脊髓空洞症，这个病多发于贵宾犬、约克夏和吉娃娃这样的小型犬，且多为遗传。如果手术，失败风险极高，即便有命下手术台，也只是暂时缓解症状，有一半的概率会在两年后复发。

而朵朵的情况是脑积水、脊髓空洞、囟门没有闭合。它的发病根源是脑部发育不良。用通俗的话讲，就是它的头盖骨发育得太小，装不下它丰盈的大脑。在老中医接触的病例中，大部分发病的狗都是成年犬或者老年犬，但朵朵这么年幼就发病，还能坚持这么久，挺少见的。一个月前有人往他这里送来一只吉娃娃，早上抽搐发病，晚上就回“汪星”了。

说来说去，根本原因似乎还是回到了茶杯犬是早产儿上。

“它还能活多久？”问出这句话的时候，我不敢听答案。

“很难说，你要做最坏的打算。很可能它会突然就走了。”

“噢，”我嘴角动了一下，内心有种失重的飘荡感，喃喃着像是对自己说，“幸好没养出感情来，不然又得送走一个……”我说的话足够淡漠，可是声音却不争气地颤抖了。

老人家似乎看出我难受，说话变得温和委婉。我强忍的眼泪几乎拦不住。我抚摸着刚清醒过来的朵朵，让它知道我一直都在。朵朵环顾四周，当看到我的时候，它舒了一口气，把头轻轻地靠进了我的怀里，像一个婴儿。它紧紧抓住我的手，爪子几乎嵌进了我的手心。

“它这病以后会怎么样呢？”

“神经上的疾病很难说会怎么样，保养不好，它可能会瘫痪、失明、失聪……最后，你再也喊不醒它了。”

“大夫，”乌鸦嘴打岔道，“你别把她说哭了。”

“我必须告诉她这些，小狗随时都有可能离开。我也不想她到了那一天接受不了。”

“我不会哭的，各有各的命。尽力治吧。”我勉强挤出一丝客气的微笑，长叹一声，把朵朵抱上了治疗台，轻轻护住它的头。

“你注意不要碰它的后脖颈，它肯定疼。现在中西结合治疗，先消炎，然后保守治疗。”老中医边配药边说着。

打针时他夸朵朵：“这小狗还是很顽强的哟，打抗生素很疼的，它一声不吭。”

老中医开方子的时候，抬头看了我一眼，问：“犬主姓名？”

我愣了一下：“大夫，我怎么看您有点眼熟呢？”

他笑笑，慢慢摘下老花镜，把口罩拉到了下巴底下：“前天遛狗遇见过你的。我那狗叫老南门三太子。”

啊，是他！我想起了那只脚踩“风火轮”的狗。只是老爷子遛狗那天打扮得花花绿绿，还戴着齐刘海假发，没有戴眼镜；现在则配上了老花镜和一身白大褂。

乌鸦嘴打趣说：“您这样的造型挺好，病人看着心里倍儿踏实。”

“我也觉得是这样。”老中医笑着说道，“放心吧，我会尽全力的。”压抑的气氛缓和下来。

我又问：“那天您让我带朵朵去拍片子的时候，为什么不直接告诉我您就是老中医呢？”

“首先，医不叩门；其次嘛，嘿，我对养茶杯犬的小丫头没什么好感。造孽，知道吗？”

我笑了："首先，我不是小丫头了；其次呢……" 我给他讲了朵朵的来历。

从此，朵朵多了一个守护它的人，它开始了漫长的中医治疗。

为什么还有人对体弱多病的茶杯犬趋之若鹜？其实健康的茶杯犬并非完全无法被选育出来。如果从非常健康的父系母系中选择"侏儒"繁育幼崽，也是可能选育出健康的茶杯犬的。只不过，既然有剖腹取小的捷径可走，哪个狗贩子会花费大量的时间、精力、金钱去做这种选种育种的"麻烦事"呢？

那天回家的路上，乌鸦嘴不停地给我讲她家柯基小时候染上病毒，医生也建议安乐死，可最后还是扛过来的事，让我别灰心，坚持到底才会有希望。

我一直沉默着，心知朵朵太弱了，出个门都被风吹得满地滚，实在没法跟别的狗相比。我也不想露出脆弱的一面，让朋友为我担忧，说："这些年看的生离死别的事太多了，早就封心锁爱了。尽人事，听天命。"

"心只要在跳，哪儿封得住！"乌鸦嘴笑着说道，"什么是天命？朵朵遇上了你，就是它的命；你被什么打动，什么就是你的命。"

# 第七章

## 你在“汪星”还好吗

我的床头一直摆着和狐狸在一起的照片，每晚关灯时，都要看一眼。

养朵朵之初，我常在心里暗暗比较，两个“毛孩子”其实各有优缺点。

狐狸给啥吃啥；朵朵则非常挑食。

狐狸精力旺盛、活力四射；朵朵病恹恹的，似乎风吹即倒。

狐狸大大咧咧、万事不惧，自信心爆棚；朵朵胆小、孤僻、多愁善感，总是一脸忧心忡忡的样子。

狐狸见不得我抚摸其他的狗，它会醋意升腾，定要赶走外来狗，如果路遇其他小狗想与我亲近，它会怒火中烧，破口大骂；而有一次，朵朵在路边发现了一只被遗弃的狗，硬把我拉过去，非要我给它解决流浪狗“再领养”问题，求到动情处，泪如雨下。

我若盯着狐狸看，它会心虚低头，战术性后撤，把它这辈子做过的亏心事都在脑海中过一遍；我若盯着朵朵看，它会跷起二郎腿和我对视，或者直接跑过来跟我“唠嗑”，弄得我很被动。

狐狸直来直去，思想单纯，它跟我躲猫猫总是藏在我不动脑子就能猜到的地方，它怕我找不到会着急，我一喊，它必出来；朵朵察言观色，心思缜密，总能在我开口之前就知道我要干什么。它聪明到有自己的判断力，因此，先观察我想干啥，然后才决定要不要听我的。即便我用“走啰，出去玩”这句话来骗它现身，它也不会上当，好像知道——“你没拿外套就是不打算出门。趾甲钳在你手里，别当我傻。”

这个“狗精”！为了不让我找到它并把它揪出来剪趾甲，它潜伏得很隐秘。我连声喊着“朵朵，李小朵，小朵小朵”，然后一直找下楼去。

大约是“小朵小朵”的四川话发音与普通话“小度小度”很接近，卧室里新买的机器人“小度”被语音唤醒了，它答应道：“小度来啰！”

朵朵一听，以为是陌生人闯入，马上叫起来：“汪汪汪！”

小度一头雾水：“对不起，我没明白您在说什么。要不您换个说法再试试？”

朵朵换了个说法：“汪汪！汪汪！汪汪汪！”

小度犹豫道：“您是想添加备忘录吗？请再确认一下。”

“汪！汪汪！”

“您是忘记什么了吗？没关系，小度可以帮您！”

……

若不是我上楼及时劝阻，它俩能扯皮一下午。

我责备小度："狗说的话你也听？！"

而朵朵更郁闷，它向我发出了警报，却转着圈找不到入侵者，它一时搞不清状况，但它知道身为一条狗，报了"假警"是很严重的工作失误，跳进澡盆也洗不清。

乌鸦嘴常说，喜、怒、哀、乐、惊恐它们都懂，就是语言不通。如果我们的"毛孩子"会说人话，该有多好。

乌鸦嘴热衷于搜寻狗语翻译机，我却不以为然。朵朵那点心思，我了然于心，自己就能翻译。有时候我爸妈不知道朵朵想要什么，我就会模仿它的"夹子音"，把话说出来。朵朵得到了它想要的，于是对我的翻译水平尤为认可，它觉得我基本上能够传达它的心意。

有时候我倒认为不会说话才是狗最大的优点。"汪星人"在我们身边卧底多年，知道得太多了。如果狗会说话，必会将家里的秘密传天下；如果狗会认字，你最好收好房产证。网友说有的人家里的边牧把主人养了五年的金毛骗出去扔了；有的狗叼了家里的猫去小卖部换火腿肠；还有流浪狗衔着一片树叶当钞票去买包子。如果它们都会说话了，将告诉我们什么样的故事？一定信息量巨大！

反正我想，如果朵朵说假话忽悠我，我指定上当。凭它心眼里的小算盘，不说话都能把我忽悠了。

从前，我可以使唤狐狸给我叼拖鞋；如今，朵朵却可以训练我给它捡球……

说到捡球这事儿，也是我对朵朵的一次重新认识吧。

乌鸦嘴给她家柯基买玩具的时候，也捎带着给朵朵买了一个拳头大小的橡胶球，说是可以给狗狗叼着玩。可她忽略了我们家狗的尺寸，买来的球比朵朵的脑袋大两倍，它叼也叼不动，只能推着玩，就像屎壳郎推粪球一样。

一天早上，我在书房工作，朵朵来找我，我跟着它进了卧室。它就在五斗柜前面，撅着屁股朝柜子下面挠啊挠，一副干着急的样子。我趴下来一看，原来是它把橡胶球推到了五斗柜下面，够不着。我就去找了根小棍儿，替它扒拉出来了，扔给它继续玩。它作个揖，推着球走了。

不一会儿，橡胶球又滚到柜子下面了。朵朵又来找我，我只好再去给它捡球。如此捡了七八次，我总觉得哪里不对劲，却又说不上来。它就不能换一个地方玩吗？奇怪，电视柜和茶几下面也是空的，为什么球每次都是滚进五斗柜下面呢？

捡到第九次的时候，我不耐烦了，拿出一卷双面胶，在五斗柜前的地上贴了一条线。这样，球再滚过来，就会被双面胶粘住，滚不进去了。我听到卧室里传来朵朵失望的呜呜声和小爪子刨地板的声音。

到中午的时候，卧室里很安静，朵朵也许是累了。我悄悄进去看了一眼，它正躺在五斗柜下面睡觉。这个小骗子！原来它的身体完全能钻进柜子下面去，捡个球更是轻而易举，可它装作够不着的样子，想着法儿逗我过来陪它一起玩。

我蹲下来正想数落它两句，可一看到它孤孤单单睡在暗处的样子，我的眼睛忽然有点湿润，似乎有一只小爪子在我心上挠了一把。它是不是很寂寞？我是不是对它太冷淡了？或许，它努力想捧出来的不是角落里的那个球，而是被我藏在幽暗处的一颗心。

我蹑手蹑脚地走开了，没有揭穿它。

第二天，我撕掉了双面胶。朵朵再来找我捡球时，我就果断停下工作，陪它好好玩。这时候我也看出来哪儿不对劲了，这球一般是人扔给狗捡的，咱俩是不是搞反了？不过，反正都是玩，就听它的吧。

看着朵朵幸福地围绕在我身边的样子，我笑着流泪了。直到这一天，我才意识到我的生活已经发生了巨大的变化，我多了一个软肋，有了一个需要我花时间去陪伴的孩子。

朵朵也继续玩着这个假装够不着的把戏，让我给它捡。当然，后来它是真的够不着了，因为它又长大了。

那年秋天，我给乌鸦嘴讲起了朵朵让我捡球的故事。

晚上，乌鸦嘴用微信给我发来这样一段话：“亲爱的，别因为过去的遗憾而忽略了现在拥有的。前后比较，这是人之常情，但不要总是在不断对比里深陷其中。你要允许新的生活开始。狐狸是不可取代的，朵朵同样是独一无二的。‘毛孩子’的生命都短暂得如流星，别让现在成为将来的遗憾。”

那晚关灯时，我看了床头的照片，心里想：狐狸，你在“汪星”还好吗？有没有找到陪你玩的小伙伴？谢谢你陪我走过十余年的青春岁月，留给我那段人间最美好的回忆。

我把朵朵的照片摆在了床头的另一边，背后的花瓶里还插着一束小雏菊。

给“时间”时间，让“过去”过去，别辜负现在的相遇。生命太短，没有时间让我们带着遗憾醒来。勇敢一点，打开心扉，去珍惜那些尚且鲜活的生命。

为朵朵，我甘愿多承受一份离别的痛苦，哪怕它的余生短暂，哪怕它正开着七倍速奔向“汪星”，我也想拉着它毛茸茸的小爪子挽留它到最后一秒。

如果爱，就爱得彻底，直到不得不散。

# 第八章

## 吸纳家庭成员

我加了给朵朵看病的老中医的微信好友，他既然是三太子的主人，我就给他的微信名备注为“三太公”。因为离得不远，我定期带朵朵去按摩、扎针，遵医嘱服中药。治疗期间，要避免给朵朵洗澡，脏了也只能擦拭。虽然脏了点儿，它脸上也总有泪痕，但是治病要紧。

朵朵很配合治疗，按摩到痛处或是扎针时，它都不挣扎，似乎能明白人们在做什么，它还会冲三太公轻轻摇尾巴。这时候，我倒希望它能傻一点，这样我可以一厢情愿地以为它感受不到痛苦。

老天垂怜，几个疗程下来，朵朵有了明显的好转——它的“续航”时间更长了，已经半年没有开启“振动”模式了。我也逐渐放下心来，唯一担心的就是三太公曾说它有可能会突然离开。我希望这一天到来得不要那么突然，我想无论我做好怎样的心理准备都抵挡不住那一刻来临时的精神崩溃。

冬日暖阳下，我和乌鸦嘴一起在花园里边唠嗑边做手工。

朵朵和乌鸦嘴家的柯基在一块儿玩，那柯基胖得像行走的煤气罐。

我俩闲时就用小肉干逗狗。乌鸦嘴把手指比成手枪状，朝着柯基啵的一声假装开一枪，柯基应声倒地，四腿猛蹬几下，最后肚皮朝天，眼睛却还睁着，一副死不瞑目的样子。这表演略显浮夸了。看着这个“煤气罐”倒地的滑稽样子，我忍不住哈哈大笑，给“影帝”奖励一块小肉干。

我是不是真的很久没有开怀大笑过了？朵朵被我的笑声吸引住了，它歪头看着我开心的样子，很惊奇，继而若有所思。过了一会儿，它走到我们跟前，步伐越走越艰难，突然一阵痉挛，然后倒地，抽搐两下就闭上了眼睛！

我脑子好像一下就炸了！

“朵朵！”我嘶吼的声音都变了调。

朵朵翻身起来作揖讨赏，欢快地摇着它的半截尾巴——“我表演得比柯基好吧？难得你今天有雅兴，我再给你表演一个。”

我气得直咬牙，抓起一片橘子皮就朝它扔了过去：“李小朵！你要是想死，以后有的是机会，不用提前练习！”

朵朵吓了一跳，一溜烟地跑了。它也搞不明白，为什么柯基装死，我就很开心，它装死，我就大骂。

有的动物会戏弄他人，以达到愉悦自己的目的，就像猩猩向游客扔泥巴、粪便，看着人们狼狈的样子，它却兴奋不已。猴子抓狗腿取乐，乌鸦喜欢扯动物的尾巴。

但是有的动物，包括人类，还有另一种快乐，就是通过扮丑来取悦自己在乎的人，从而自己也在这个过程中感到愉悦。狗就拥有这种情感。我很庆幸我有这样一只小狗——一个会因为我的呼喊而奋力奔向我的生命。

当初，得知朵朵的生命随时可能陨落，我难受的同时，居然还冒出了一种奇怪的释然感。似乎总算找到了一个充足的理由把它留在身边，我也彻底打消了为它寻找新家的念头。

这天，我正式把朵朵叫到面前，告诉它我决定将它吸纳为家庭成员，这是我们的第一次跨物种会议。既然它的智商很高，那开个会显然是毫无困难的，我们就无障碍沟通吧。

会上，我向它明确提出："朵朵，我呢，负责把你照顾好，医保与养老一样不少。你呢，保证尽量不要死，吃饱、喝好、没烦恼。"

朵朵作揖通过。

会议的另一项议题是"不许抱大腿"。

对此，它有疑问——"小腿呢？"

"也不行！是腿都不行！"

"那我还是死了算了。"

"你敢！我第三个要跟你强调的就是不许玩装死游戏……我怕你装着装着就真死了。"

最后，我又语重心长地对它说："既然我是你的铲屎官，大小也是个官，是领导，你得服管。要做我们家的狗，还得活得有点狗的样子，你要长大一点，长壮一点，早日补足先天的缺憾，长成正常狗那样的身形，跑起来不再摔跤，吃得好，睡得香。我希望你一辈子不受病痛折磨，尽量多走弯路，多看风景，不要一条大路直达地府。平时我们能正常交流就行了，我也不指望你学什么才艺，按照有的网友的说法，茶杯犬那短命劲儿，三年不到你就该‘下线’了。有的小狗活这几年，还得靠卖艺换口吃的，算了，我也就不为难你了。”

作为朋友，三太公也常告诉我一些治疗狗的小伤小病的“平替”药物，药店就可以买到，很好用。

至于从前我在宠物医院买的整整两抽屉的昂贵药品，三太公不予置评，只是让我看看它们的批准字号再选择。

我回家看了，却怎么也找不到批准字号，有个别药品的确用的是兽药字号，但更多的却是“保健品”“外饲准字”“饲添字”等写有饲料或添加剂的字号。

这些给“毛孩子”救命的药品，能有多大的疗效？动物不会说话，主人们也只能靠平日的观察，在焦虑和期盼中不断地掏空腰包，甚至千金散尽仍旧痛失爱宠。

不仅仅是药品，任何东西一旦打上“宠物专用”的旗号，就不会便宜了。养宠比养娃还贵，似乎把所有工薪阶层都拒之门外，这让我们不禁疑惑，我们小时候是怎么养狗的？那些童年时陪伴了我们十多年的土狗在没有狗粮、没有玩具、没有保健品、没有宠物香波的时候是怎么健康成长的？它们真的需要这些吗？现在的人养狗都如此讲究了，狗的体质是越来越好，还是越来越差了呢？

很多人关注到了中华田园犬。它们是怎么活得那么皮实的？又或许狗子们最盼望的只是多一点亲近自然的机会，好提高自身的免疫力，多一点空间自由玩耍，哪怕在草丛中打个滚、泥地里翻个面。没有哪只狗不想出去玩，没有哪只狗不想撒开腿飞奔。

我想带朵朵一起去探索这个世界，不要因为怕死、怕得病，就只待在那小小的空间里过一种精致的生活。在它有限的生命里，如何释放天性？怎么活着才能不后悔来这世间一趟？走出去吧，不枉此生，也不枉我们相伴一场。

# 第九章 乡村狗的朋友圈

作为一只生活在乡野间的狗，不出去玩儿是不可能的。狗也有社交圈。除了乌鸦嘴家的柯基，朵朵还有两个从小玩到大的“狗友”。

朵朵自己就是“苦出身”，所以它心肠很软，见不得别人弃狗。它曾经求着我捡回了一只小奶狗。那是只田园犬，被人放在马路边，一个垫着毛巾的鞋盒子是它的全部家当。我看它的毛是黄色的，便随便给它起了个名叫“小黄”，没多久它就长成了“大黄”。

朵朵的奶粉、吃不完的营养餐还有家里的剩菜剩饭，都被弟弟大黄吃进肚子里了。由于吃的都是高蛋白食物，品种多样，营养丰富，养到两个月时，弟弟大黄的体形就比姐姐朵朵的还大了。大黄精力旺盛，劲儿也大，两只小狗玩闹起来，没轻没重，大黄总是扭伤朵朵的细胳膊和细腿。

这天，意外还是发生了。两只狗正闹得欢，大黄一个扫堂腿就把朵朵踢下了沙发，朵朵的胳膊摔脱臼了。三太公扶着老花镜给它正骨："这小胳膊还真不好弄，幸亏没摔断。以后要小心了！朵朵的骨头比牙签粗不了多少。"

养一只狗是故事，养两只狗是事故，此"弟"不宜久留。我怕再出意外，打完疫苗以后，就把大黄送给了村里的陈大伯，也算给大黄找了个看家护院的铁饭碗。朵朵每次去农田溜达，总会绕个弯儿到陈大伯家院子里看看这个"发小"。我隔三岔五就打包很多大黄爱吃的饭菜给它打牙祭。

兴许是它的伙食比村里其他的狗都好，一年下来，大黄就长到六十多斤，魁梧矫健，战斗力在村里的狗中属于第一梯队。姐弟俩一见面，大黄又是摇尾巴，又是歪脑袋，还低下头舔着朵朵的脑门儿——"姐，说好的一起长大，你咋就不长了呢？"

朵朵的确发育缓慢，快两岁了，上秤一称，还不到三斤，因此从前的它是非常胆小害羞的，必得跟着我才敢外出，一有陌生狗靠近，它就马上跳进我怀里求保护。

有一次我出差，我爸妈牵着朵朵去遛弯。那项圈虽然已经是最小号了，但对朵朵而言还是有点大，套在它身上就像个呼啦圈。

当他们经过王大姐的饭馆门口时，那儿正好聚集了一群狗在等剩饭。狗群看见朵朵就纷纷围了上来。或许那些狗一开始也没什么恶意，我爸妈也没有意识到需要抱起朵朵保护它，以防万一。

朵朵面临着狗群围上来的压迫感，自己又被拴着，它心中的不安全感瞬间爆棚。它害怕之下跳出项圈，拼命狂奔。它这一跑，像只小白兔在逃跑，反而激起了那群狗追捕的本能。结果朵朵被狗群撵丢了，急得我爸妈开着小三轮到处找，在小镇上挨家挨户地打听。到了第二天，爸妈找回了朵朵，才把这事告诉我。

原来，在被狗群追撵的时候，眼看自己体力不支，朵朵就凭借着身躯小的优势，闪身钻进了路边的垃圾桶里。臭味掩盖了它的体味，它悄无声息地躲过了狗群的追逐，但它也实在没有力气回家了。

最后，朵朵被环卫工人捡到，还给了爸妈。这小家伙，浑身上下就脑子好使。

如今，大黄已经成年，有它当保镖，朵朵就敢在村里随意走动了。田园犬之间是很团结的，在村里之所以谁也不敢惹大黄，全凭三样东西——能打、讲义气、兄弟多。而有了朵朵的灵活脑瓜，大黄如虎添翼。它俩组成的“汪汪队”给陈大伯立过一功，但也闯过一祸。

一次，老鹰来抓小鸡，朵朵看到了，大声警告。大黄冲出来，撵走了老鹰。陈大伯很高兴，奖励了大黄一只鸡腿——反正横竖倒霉的都是鸡。大黄是算见义勇为呢，还是算护食呢？无论怎样，“重赏之下必有勇狗”。大黄对所有带翅膀的东西产生了兴趣，就连飞机飞过，它都要叫两声。它不敢在家追鸡撵鸭，在朵朵的指引下，它跑去荒树林里抓回了一只竹鸡，还献给陈大伯邀功。陈大伯一看就慌了，问我："这是不是国家保护动物呢？抓了会不会被判刑呢？"

我检查了一下，那只竹鸡掉了几片羽毛，受了点惊吓，不碍事。于是我严厉批评了两只狗，让它们趴在竹鸡面前深刻反省并饿一天。我又安慰陈大伯，这事儿主要还是看竹鸡的态度，赔点粮食，送它回家，看"当事鸡"愿不愿意和解。

这两个小家伙，一功一过，换来一只鸡腿的奖励和饿肚子一天的惩罚，以后再不敢胡乱抓鸟了。

丁丁是我哥养的边牧，公的，是和朵朵一起长大的，比朵朵小一岁。

边牧和贵宾占据了犬界智商的制高点，本以为这对"卧龙凤雏"会强强联合，为促进我们这个大家庭的和谐出一份力。可后来才发现，它俩根本不在同一个频道。

朵朵与丁丁小时候还挺要好，但越长大越疏远，其根本原因在于——朵朵不愿意跟放羊的玩！丁丁呢，老是想过放羊的瘾！为了让朵朵显得体形大一点，我特意把它的毛发吹得十分蓬松。可是每周末一见面，丁丁瞅着朵朵"羊里羊气"的卷毛，职业病就犯了。

"来来来，让我'牧'一下。想跑？没门儿！"

丁丁既懂包抄又会拦截，非要把朵朵赶入目标区域，这就叫专业！最可气的是，吃饭铃一响，丁丁就把朵朵赶去后院关起来，这样就没有狗跟它抢饭了。

朵朵也不是那么好说话的狗。它叼着我的橡皮筋跟丁丁拉扯，看准机会一松口，痛得丁丁捂鼻子。

丁丁把朵朵丢进马桶，还按冲水键。朵朵喊来我哥告状，我哥暴捶了丁丁一顿。

……

贵宾和边牧仿佛都已修炼千年，谁的道行都不浅，一时间很难看出谁略胜一筹，朵朵最吃亏的肯定是体形上的差距。当智商难分高下时，丁丁就会选择用武力压制。它可能觉得，力量能解决的事情，犯不上用脑子。

丁丁把朵朵骗到河边，朵朵就把丁丁的飞盘踹进小河里，丁丁又把朵朵踹进小河里——来啊，互相伤害！

谁承想，掉进水里的朵朵没有一丝慌乱，甚至有点兴奋。它一边戏水，一边看风景；又是狗刨，又是扎猛子。它可是还不会走路就会游泳了。

“来来来，让你也知道一下什么叫专业！”

丁丁看傻眼了，它的“小羊羔”会水？好一会儿丁丁才反应过来，跑回屋里喊人。它怕闯出大祸。

我招呼朵朵上岸的时候，它带回了飞盘，还顺便带上来一条小鱼。

看样子，两只高智商的狗就是很难玩到一块儿，谁也不服谁。不过，每次朵朵跟丁丁见面以后，总有一个好处，就是它会努力吃得更多，似乎想把自己从“泰迪”吃成泰森(“拳王”)。可能是体形和体力上的悬殊刺激到它了。

# 第十章 祖先的血液

朵朵水性好也有基因遗传的缘故，它的祖先原本就是水猎犬。

贵宾犬的英文 Poodle 源自德文 Pudel。Pudel 是水花飞溅的意思，发音如同狗在水中跳跃时溅起的水花声——“扑通”。

贵宾犬水性极佳，跟拉布拉多和黄金猎犬一样，它们的脚趾间都有蹼，是天生的游泳高手。贵宾犬作为水猎犬，最主要的工作是在水域搜捡猎物。当主人击落了雁、野鸭等猎物，贵宾犬就负责跳下水去，把猎物叼回来。

因为要游泳，所以贵宾犬最初的修毛款式是为了有利于它们在水下游泳的——

为了保护心肺和脑袋并保持体温，所以保留了头胸部的厚毛；

为了下水不遮挡视线，所以剃光了脸上的毛；

为了不被水底的芦苇和水草弄伤，所以保留了“袜套”；

为了免受湿寒，所以留下关节处的毛；

为了能让人在水面看清狗，就刻意将高高翘起的狗尾巴毛剪成一个用来定位的图钉的样子；

为降低水的阻力，并且方便上岸后一甩即干，所以把其余部位的毛全部剃光。

这种造型受到大众追捧，成为贵宾犬专属的“华服”。它们的造型甚至成了贵妇人模仿的对象。有的贵妇人穿着紧身衣，戴着皮草帽，拥裘披氅，以饲养同款狗为时尚。因此翻译为中文时就用了“贵妇犬”或者“贵宾犬”这样的雅称。

虽然贵宾犬的名字源自德国，但它们是在法国走红的，并被视为法国的国犬。最初的贵宾犬体形庞大，肩高48—78厘米，巨型贵宾犬甚至比有些藏獒还大。它们身强力壮，是大型犬。这是标准贵宾犬或巨型贵宾犬。后来，贵宾犬的体形就开始被人为缩小了。

16世纪，贵宾犬在法国走红以后，除了让贵宾犬狩猎，人们又发现了它们的另一项特殊技能——搜寻松露。这是一种比黄金还珍贵的顶级法国料理食材。

松露是长在槲树或榛树根部的野生菌，人工无法种植，因此松露产量低而稀有。松露深埋地下，与泥块同色，人难以发现，通常只能请嗅觉灵敏又善于挖掘的动物帮忙。有人请的是猪，但是这位“二师兄”可能一不留神就把一天的业绩私吞了。

法国人又找来标准贵宾犬，贵宾犬作风正派、踏实肯干还不会私吞，可就是活儿干得糙了点儿。让一头粗鲁的巨兽来挖娇嫩的菌类，等同于让挖掘机来发掘古物一样，不挖烂才怪。精细活儿还得精细狗来干。于是人们开始培育迷你贵宾犬来挖松露，这样既能找到松露，又能完整采收，卖出好价钱。由此诞生了现今常见的小体形的贵宾犬，肩高 25—38 厘米。迷你贵宾犬既然在陆地上工作，也就不流行原来那种方便贵宾犬在水里游泳的修毛款式了。

18 世纪，由于马戏表演的盛行，人们又培育出了玩具贵宾犬，比迷你贵宾犬还要小一点。小体形的贵宾犬聪明机敏，学东西快，可以做很多高难度动作，如走钢索、跳火圈，甚至做算术题。

玩具贵宾犬性格异常活泼。肖邦的作品《小狗圆舞曲》就是因他的恋人乔治桑的小贵宾犬带来灵感而创作的。

人们对“小”的执念越来越深，后来还出现了茶杯犬。

标准贵宾犬、迷你贵宾犬、玩具贵宾犬……总之贵宾犬被人越改越小。

标准贵宾犬的性格是非常沉稳的，让人们始料未及的是，在培育小贵宾犬的过程中，这种小狗出现了三个意外：一是爱叫爱闹，二是爱抱腿骑狗，三是爱惹是生非。

举个通俗的例子，本来是部台式电脑，硬要改造成笔记本电脑，在中央处理器、内核功能都不变的情况下，因为散热跟不上，电脑越小，运行时主机就会越烫。因此，小贵宾犬总得找一个方式来“散热”，宣泄它旺盛的精力。很多人看它们小巧，以为让它们在家活动就足够了，但它们骨子里是猎犬，如果户外运动时间不足或者遛狗时长过短，它们就只能吵闹或者做出让人尴尬的行为了。

贵宾犬爱惹是生非，挑衅大狗这一点也是天性使然。可能很多人都不知道，贵宾犬曾经是浴血沙场的战士，它们参加过第二次世界大战！“二战”期间，美国陆军将32种犬归为军犬，其中就有贵宾犬。到1943年，军犬名单上的数量被缩减到18个品种，贵宾犬仍然在列。直到1944年底，军犬首选品种缩减到5个，这才删掉了贵宾犬。而贵宾犬退出军犬行列的原因并非战力不足或者智商不够，而是因为它们的毛太难打理。贵宾犬的毛长得很快，并且不掉，必须定期修剪。而在战争期间，军方显然没有这么多精力去打理它们的毛发。

不知情的人笑话道：“泰迪打仗，怎么可能？！”

是啊，它们自己也是这样想的——“怎么可能？”想当年祖先在战场上英姿勃发，现在随便一只狗都来欺负它们。接受不了今非昔比的现实，于是，贵宾犬与大狗之间经常打架且结果惨烈。

贵宾犬原本是一棵苍劲的松柏，却被培植成了盆栽，长不开也想不开。它们骨子里仍有雄心壮志，仍然血气方刚，无奈离开战场，沦为玩物，想想也是一种悲哀。

所以，对这袖珍英雄好一点吧，它们是卸下了所有“硬核”装备，以最柔弱的姿态陪伴在我们身边的。

最后说说“泰迪”这个名字的由来。“泰迪”只是贵宾犬的一种美容造型。由于多年前的市场审美标准，贵宾犬的嘴要又尖又翘，所以一些生来嘴短的贵宾犬没人喜欢。为了能把嘴短的贵宾犬卖出去，狗贩子们想尽了办法。

有道是“世上无丑狗，只要肯打扮”。有人发现这种短嘴贵宾犬非常像玩具泰迪熊，于是美容师一顿操作给它剪了个“熊样”，没想到这个造型一下子击中了万千少女的心，泰迪狗迅速风靡全球。从此，人们就直接管这种短嘴巴的贵宾犬叫作“泰迪”。

“泰迪”这个名字太响亮了，以至它们的祖宗都反过来随

它们姓，巨型贵宾犬又被叫作“泰迪 2.0”或者“泰坦”。

贵宾犬喜欢模仿和学习主人的行为。我发现朵朵也会有意无意地模仿我。我工作的时候喜欢坐在沙发上跷着二郎腿，它在我旁边也跷着二郎腿。我看它，它也理直气壮地看我。我改成趴在沙发上看书，它也趴在我旁边玩我的手机。我只好叮嘱它，看手机时眼睛不要离屏幕那么近。不仅如此，它就连睡觉前玩手机这个坏习惯都跟我一样。

因为贵宾犬太过完美，体形小，吃得少，不掉毛，不容易过敏，智商高，服从性好还与人亲近，因此很多家庭甚至养宠物的新手都选择了它们。主人一多，素质自然就参差不齐，贵宾又喜欢以主人为标杆，有样学样，所以，狗狗学成什么样，可能得从主人身上找原因。

# 第十一章

## 有人为你拼过命吗

朵朵打过架吗？打过！

八成小孩都打过架，狗也不例外。朵朵两岁的时候，被自家养的鸡追得满院子跑。两岁大的狗打不过一只鸡，这在狗界是挺丢人的事。对它来说，鸡也是个庞然大物。

三岁的时候，朵朵也只有三斤多重，它没有自信心，看着镜子中的自己都会埋下头去。它怕人、怕狗、怕所有陌生事物，遇到打雷、下雨、放鞭炮，都会吓得浑身发抖。可是，再胆小的狗也有被激怒的时候。

我们巷子口的沈家因为曾经被小偷“光顾”过，所以养了两只凶悍的大狗，一只叫烧饼，一只叫哈雷。只要这两只狗在家，陌生人根本不可能有胆子闯入。平时但凡有人经过沈家门口那条路，它们便会狂吠不止。我每次经过都会小心地确认一下，沈家大门关严了没有。

有一天，我遛狗回家，牵着朵朵路过巷子口。沈家关着门，凶猛的狗叫声却从头顶上传来。我抬头一看，那两只狗正站在沈家车库顶上居高临下地俯视我们，像两头狼似的。我赶紧加快了脚步，心想，车库那么高，它们应该不至于跳下来吧？

正想着，身后咚的一声，烧饼跳下来了，紧接着哈雷也跳下来了。

朵朵一声惊叫，脱缰而逃，撒腿就往家跑。我一面喊着“来人啊”，一面也往家的方向逃窜。人哪儿跑得过狗呢？我才跑了几步就被哈雷追上了，它一口叼住了我的鞋子，烧饼顺势跳起来咬我的手。我大叫起来，甩起手里的狗绳就打，还扯下围巾蒙住狗头。

先一步逃跑的朵朵都已经跑到家门口了，听见我的呼救声，它突然掉头回来，毫不犹豫地冲向那两只狗，边冲边发出凄厉的惨叫声。

我从没听朵朵那样怪叫过。我惊呆了，万万没有想到一只平日里有些窝囊的狗，突然间被激起了斗志，一路火花带闪电，狂奔救人。那惨叫声把气氛营造得十分悲壮，似乎是在为自己壮胆——“动她先动我！”

迎面奔来的朵朵似乎变得十分强大，时间静止了，我甚至可以看清它怒目圆睁的样子。它扫了我一眼，目光饱含温柔、焦虑、爱怜、担忧，这复杂的目光裹挟着慷慨赴死的决心，仿佛在刹那间它已下定了以命换命的决心。

刚甩脱围巾的那两只狗也傻眼了，一时间不知道是继续咬我，还是迎战它。只是片刻的犹豫，两只狗就转向了朵朵，龇着牙，张开了大嘴，朵朵迎着这两只恶犬，纵身一跃！

也就是它在这半空中的一瞬间，我赶紧拦截住，将它举高：“你不要命啦？”

朵朵不甘心地狂吼着，张牙舞爪，执意往下跳。我举着朵朵，边躲避狗的追咬边逃跑，一路喊人，一路往家跑。邻居们开门来看，有帮忙的，有喊保安的，有泼水的，有抓起花盆砸狗的，还有脱下外套打算蒙住狗头的……

保安骑着电瓶车赶来，把狗拦截住，甚至有人拿来了防暴叉……邻居符大爷一把将我拽进了他家院子，赶紧关门。我靠在门后，心在狂跳，又打了个冷战，腿抖得一步也迈不开。

朵朵仍旧叫得凄厉，还在我怀里挥舞爪子打空拳，一口一口咬向它假想的敌人，它可能已经气晕头了。我不停地劝：“冷静，冷静，一会儿脑血栓该犯了。不叫了，乖，你面前没有狗……以后遇到事，你跑你的，晓得不？傻狗！”我用手摩挲着它的后背和四肢，用三太公教的手法给它轻轻揉捏，缓解肌肉紧张，生怕它一激动又犯病。

不多时，保安来敲了敲院门，隔着门缝把我的围巾递了进来，说："狗已经关起来了，你们没事吧？"

"没事，谢谢！"我再三谢过大家，抱着嗷嗷叫的朵朵回家了。整理了一下被撕破的衣服，幸亏穿得厚，没有受伤，我还是有点后怕，我自己被咬几口没事，就怕朵朵被咬死了。我也不知道它哪儿来那么大的勇气，那么小的朵朵，遇事儿还真敢上。

回到卧室，我让朵朵吸了一会儿氧，它的叫声才逐渐停止。我检查了它全身的"零件"，一个不少，实在是有惊无险！它猛地抱紧了我，呜呜大哭起来，边哭边舔我的脸，似是一场劫后余生的悲情戏，哭得我心都化了。这个连鸡都怕的胆小鬼，竟会不顾一切冲向恶狗，只为保护我。哪怕它再弱小，也要化身为守护我的天使；哪怕做"炮灰"，也要牺牲自己给我换一点逃命的时间。

晚饭后，沈家上门来道歉，解释说白天家里没人，他们确实也没想到狗居然能跳下去。烧饼和哈雷的领地意识太强了，以后一定拴好，车库顶还要加装护栏。

我安慰邻居："我们没事儿，不过当时确实被吓到了。"

但是朵朵还没有恢复平静，它可能是心理应激了，一直到晚上都死死抱着我的脖子不放，我整个脸都糊满了它的口水，好像是它拼命护住的至宝。舔上一会儿，它又愤愤不平地朝着沈家方向吼两声，似乎觉得白天没有发挥好，来日碰上那两只大坏狗，一定叫它们好看！狗不大，口气不小！它又对着我耳朵哼哼——“不怕，有我在，谁敢欺负你，我就给它点颜色看看。”

“行了行了，都是色盲，谁给谁颜色都看不到。”我跟它瞎聊着天，心情却很复杂，有点后怕，有点高兴，有点臭美，有点感动，还有点想笑。后怕是不用多说的，如果我没有及时拦住舍命扑恶犬的它，那它就是被烧饼或哈雷一口咬死的结局。但俗话说人生有几大喜事，我今天就占了俩，朵朵的“劫后余生”和我的“虚惊一场”，这还不值得高兴吗？臭美和感动的是，如果不是今天这件事，我还真不知道朵朵竟然把我看得如此重要，值得它以命相拼。狗就是这么傻乎乎地爱着人，没有值不值得，只有愿不愿意。真想告诉全世界，我有一只爱我的狗狗。

我抱着朵朵，空出一只手给乌鸦嘴发微信。

我：嘴嘴，有人为你拼过命吗？

乌鸦嘴：没有，找我拼命的倒有一个。

我：谁啊？

乌鸦嘴：以前的邻居大爷，他觉得狗会影响他的寿命。

我：后来呢？

乌鸦嘴：他也没能长寿，是被他儿子气的。怎么，有人为你拼命了？

我：没有，为我拼过命的都是动物。

乌鸦嘴：动物的感情很纯粹。

我：是啊……

我伤感的情绪刚酝酿起来，朵朵劈头盖脸一顿乱舔，又把我逗乐了。这家伙生起气来没完没了，像一个和小伙伴打架打输了的娃娃，各种不服！我想起朵朵一路惨叫着来救我的英勇模样，竟觉得有点滑稽。

它还在自顾自地泄愤着——“谁咬你，我咬它！”

看它长着最可爱的脸，却说着最霸气的话，小鸟的身子却有着老鹰般勇敢的心，我又一阵心酸，只能像哄小孩儿一样，拍着它的后背，轻言细语：“宝贝，我知道你很厉害，但是听我一句劝，这件事情还没有严重到需要你出面的地步，还有妈妈在呀……”

现在回忆起来，这是我第一次对它自称“妈妈”。

好不容易把它哄睡着了，到晚上做梦的时候，这个“毛孩子”又喋喋不休地说起梦话来，把小牙齿咬得咯咯作响，在被窝里蹬着腿，不知道是在梦里跟狗对打还是在逃跑。我安静地陪着它，也不敢发出声音，因为外界的一丁点响动在它的梦境中都有可能幻化成什么元素。我没有叫醒它，因为无论是人还是狗，在熟睡时突然惊醒都容易分不清现实和梦境，有可能咬我一口。

第二天，我们再出去遛弯，又走到了巷子口，朵朵停下来不走了，它把狗头一晃——“换条路！”

行！“识时务者为俊狗”，咱不怕事但也不惹事。我鼓励它“走弯路”。

朵朵停下来的时候，我看见了这小家伙楚楚可怜的眼神，原来它还是怕的。它只知道自己太弱小了，却不知道它身体里还有着猎犬和军犬的灵魂，如今的它已“武功尽失”，却还愿意用这单薄的身躯来保护我。

朵朵，谢谢你为我勇敢了一次……

从那件事以后，为救主人而飞蛾扑火的朵朵在小区里出名了。我叫什么名字，没人知道，但我的狗叫什么名字，整条街都知道了。有几个叔叔阿姨遛弯的时候，常在我家门口的画舫里乘凉，他们特别喜欢朵朵，带了点火腿肠和小肉干给它。朵朵离得远远的，站起来给叔叔阿姨作揖，但它不要这些零食，拜谢完毕就一溜烟地回屋了，仿佛生怕别人把它拐走。

# 第十二章

## 要命的鸡骨头

茶杯犬是很挑食的，而朵朵吃东西更是讲究。

我妈在切红烧肉，朵朵守在厨房眼巴巴地望着她。我妈切着切着，有一块肉滚落到围裙上，她拿起那块肉，问朵朵：“你要不要？”朵朵看了看肉，掉头就走。

“嘿，挑食。”我妈顺手就把肉扔进了垃圾桶，继续切。忽听背后当啷一声响，我妈转身一看，地上有一个狗碗，还在当啷转悠，狗碗前，朵朵一脸“目瞪狗呆”——“我就拿个碗的工夫，你把肉扔了？”

朵朵或许很想大叫以示抗议，但是我妈手里有“兵器”。功夫再高也怕菜刀，何况它还是一只不起眼的小狗。

朵朵一头扎进我怀里，委屈地呜咽着。

我妈尴尬极了：“我怎么知道它想要啊，它又没说。”

“你让它说？这不是难为狗吗？”

“好了好了，不哭了，把碗拿过来，外婆赔你两块肉。”

就不能捡起来洗洗再吃？不行，为了保护朵朵，我一直教育它严禁翻垃圾桶捡东西吃。只有从我们手里取的食物，或者放在碗里的东西才是安全的。食物沾一点怪味它都不会入口，更何况厨余垃圾呢？我估计，朵朵也忘不了它捡了鸡骨头吃然后动手术的那件事吧。

那是2018年春节，亲戚们聚在家里吃团圆饭，我和爸妈一直在忙着招呼客人，没顾上给朵朵做饭。它饿坏了，蹲在饭桌下面伸直了脖子望着。

大家还没上桌，可是一桌子的美味佳肴已经摆好了，那香味早把朵朵馋坏了。有亲戚看朵朵给他拜年的样子可爱，就扔了个鸡翅给它。结果，碎骨头扎穿了它的食道和肺部，卡在胸口，医生说必须做开胸手术取出鸡骨头。我至今还清楚地记得那个大年夜，三太公回老家了，联系不上。我抱着连喘气都冒血泡的朵朵，打车进城到处找还在营业的宠物医院。好不容易敲开了一家医院的门，护士打电话紧急召回了医生。

但是，茶杯犬太小了，换了三个护士才找到朵朵的血管输液。如果动手术，一刀划下去朵朵可能就死了。医生打量我一身平凡的穿着，建议我给朵朵实行安乐死算了。

又是“安乐”！生命跳动，才有安乐，动不动就赐死了之，于心何安？乐从何来？我看着手术台上奄奄一息的朵朵，它眼中是满满的求生欲，还努力朝我伸爪子。透过白大褂间的缝隙，它一直在看着我——这个一念之间就能决定它命运的人。

又是一张病危通知书！这些年为了朵朵，我跑宠物医院跑的次数不少，病危通知书也拿到手软，这张纸片早就吓不到我了。它是我的孩子，我不可能放弃它。

“必须救回来，花多少钱都没问题！”

好吧，是我冲动了，后来我才懂，若非有极强的“钞能力”，在宠物医院，千万别说这样的大话。

我交了巨额手术费，医生斗志昂扬，直接操起手术刀开始拯救朵朵。

35分钟后，手术结束，朵朵穿着网衣被推出来，还打着点滴。我当时以为，鸡骨头已取出，只要麻药的药效过去，等它苏醒，一切都好了。但是医生说术后第一晚特别危险，加之它的神经系统本身就有问题，最好留院观察，一有情况立刻进行抢救。

术后朵朵还是比较安稳的。院方留了一个值班护士，我就在医院的走廊上，数着朵朵的呼吸坐了一夜。

那一夜，好长啊。我靠在冰冷的墙壁上，迷迷糊糊地睡着了。到凌晨时，我发现朵朵睁开眼睛在看着我，眼里全是温柔和感激。见我醒来，它轻轻摇了摇尾巴。它可能早就醒了，但没有吵醒我，也没有找我撒娇喊痛，甚至都没有动过一下。我这时才感觉到，别看它长得柔弱，其实它很坚强，它会冷静地思考一些问题，它知道我们在救它，哪怕疼，它都会忍着。

我摸摸它的小脸："别怕，我在呢。"

它摇摇短尾巴："别怕，我也在呢。"

此后，小手术和护理拆线又让朵朵在医院待了一个多月……

终于，病号服一脱，朵朵站起来了。治疗费一算，我快晕过去了。

不管怎么说，结果是好的，我庆幸自己赌对了。朵朵恢复了健康，这家宠物医院是有功劳的。事后我给医生们送去了一面锦旗——"高抬贵手，救我狗命"。

活着真好啊！

那张病危通知书和其他的通知书一起被放进抽屉了。朵朵四岁的时候，我数了数，已经有五张病危通知书了。传说中猫有九条命，不知道狗有几条。但在我的眼里，这些病危通知书都是它生命中的里程碑，跨过一个个里程碑，它又得以多在地球上停留。

我也不信命了，为了夺回这条小生命，我愿意和它一次一次撞向南墙。

# 第十三章

## 村里有个姑娘叫小朵

朵朵一路闯关长到四岁实属不易。其间经历了五次病危，做了两次大手术，还有一次心源性休克。那次发生心源性休克时，我给朵朵做了一路的心肺复苏，呼喊着它的名字。送到三太公那里时，它的心跳只有 40 次 / 分，血压已经很低了，于是立刻进行抢救！

一番折腾下来我真是心力交瘁，我说服自己朵朵可能在昏迷时就没有多少意识，或许在做一场令它精疲力竭的噩梦，只要醒来，痛苦就会消失。

好在医生处理得当，又因为就医及时，朵朵又得救了。

2019 年 11 月的某天，朵朵四岁了。我称了一下，它竟有四斤三两！全家人都鼓掌欢呼！总算突破了茶杯犬正常体重三斤半的上限。你知道这意味着什么吗？如果还是一般的茶杯犬，抗病能力弱，很难活过六岁。体壮才能身强，它每增重一两，都意味着多一份抵抗力，就能多陪我们一些时日。我们的朵朵终于可以解除它身上茶杯犬寿命短的诅咒了！朋友们说，我能把它养大，已经是个奇迹了。

是啊，四年了，我好不容易把这李小朵养成了“李大朵”，它现在已是个成熟的“汪姑娘”了。

狗的求偶期，一年有两次，每次持续半个月左右。正因为清楚它的虚弱体质，在过去的四年里，每到朵朵的特殊时期，我就嘱咐它：“老老实实待在家里，哪儿也别去。”它也很听话，只在后花园里玩。

在农村，几乎家家户户都养狗。求偶期的母狗会在它活动过的区域留下一种特殊的香味，这香味对公狗极具吸引力，它们一闻到这个香味就知道这家的姑娘要选夫婿了，如同在狗界发布了征婚启事一样。朵朵名声在外，本地狗圈盛传“村里有个姑娘叫小朵，长得好看又善良，一双美丽的大眼睛，尾巴不粗也不长”。

于是，每年到朵朵的求偶期，我家大门口就像举办狗展一样热闹。上门求亲的公狗啃破了门槛，有私自来的，也有与主人遛弯儿经过的。如果是小狗，还容易被主人劝退；大狗根本就拽不走，狗主人只好陪着自家“犬子”守大门。狗与狗见了面也是交头接耳，聊天闲谈。门外俨然成了“狗语大讲堂”。

但凡路过的狗都纷纷投来“简历”，把我家门口尿成了“爱情海”。晚上我出门丢个垃圾，一不留神脚底一滑就摔个大跟头，趴在门口的地垫上，半天爬不起来，那地垫上还印着四个大字——“出入平安”。

田园犬、萨摩耶、马犬、法斗、金毛、哈士奇、阿拉斯加，当然也少不了贵宾和各种杂交品种狗。它们为了求见朵朵，各显神通。

最听劝的是田园犬，它在门外闻着“征婚启事”。我只需跟它说一声“回去！”，它就轻轻地走了，挥一挥爪子，不带走一片落叶。对田园犬来说，只要不是它的地盘，它都很谦逊。

萨摩耶看见我出门，飘然迎上来，露出可爱的微笑，让人一看就心生喜爱。我忍不住撸着狗头，柔声告诉它：“笑容，我收下了，你呢，慢走不送。”

马犬凭着会飞檐走壁的功夫，直接爬上三米高的墙头张望，我就在墙头挂了一排“尖叫鸡”玩具，用魔法打败魔法！这是我的新型“防火墙”。

法斗是一点不见外的，扯着嗓子直接对着门喊叫，似乎是在说：“母亲大人呀，我来啦！开门呀！”喊得我直捂耳朵，怎么就喊“母亲大人”了？说的什么话？它主人表示，没办法，咱家法斗就这么热情。

金毛帮主人取了快递就直接叼到我家来，估计是要当彩礼。我选择拒收，告诉金毛我们家朵朵不在乎这些身外之物。

哈士奇想直接拆门进院，我用一个鸡腿就把它打发了。过一会儿它又跑来找我，我一脚踹向狗屁股就送它回了家。

阿拉斯加则不好对付，“狗高马大”的，我也不敢踹。它赖着不走，认为“鸡腿诚可贵，爱情价更高”，于是，我损失了整整一锅炖牛肉才把它送走。

黑色贵宾则与自己的主人一同前来，它见我就作揖——“看，我带来了亲友团，门当户对，诚意满满。朵朵如果看上我，生出黑白相间像熊猫一样的幼崽都有可能。”可是它的亲友团并不给它面子，提起肩带，直接把它打包拎走。可见它在家里也没什么话语权。

最难对付的是各种杂交品种犬，不知道性格随哪个品种，更算不清它们会用什么套路。我在门外喷洒了一些除味剂，只能见招拆招。

私自上门来的狗，我会在业主群发张照片，寻找它的主人。通常情况下，主人一发现狗偷溜出来，很快就会赶赴现场把它捉拿回家。多数寻狗的狗主人会跟我打个招呼或者道个歉，有的狗主人比较客气，狗来蹭吃蹭喝，他觉得给邻居添了麻烦，会回赠一点小礼物给朵朵。

就像带淘气的小孩一样，养狗的人也没有谁能百分百地保证自家的狗永远不闯祸、不跑丢、不给别人添麻烦。更何况动物有它的天性，同是养狗的人自然都能谅解。一部分文明养狗的人在避免出状况的前提下，还能做到如果出了事，主动承担责任，尽量化解矛盾。既然把狗当成孩子养，就要把它当成孩子来教育。但并不是所有狗主人都能那么自觉。

四年半时间，朵朵一直“待字闺中”。然而，人类无法压制动物想要繁殖的天性。没想到千防万防终究百密一疏，我的除味剂、尖叫鸡、防火墙都形同虚设，长期以来严防死守的家园居然闯入了一只杂交犬。这只狗就是故事一开始被我们撵到河里的那只落水狗。

其他狗都只知道在我们家大门口守候，这只杂交犬倒是比其他狗都聪明。它不走寻常路，另辟蹊径攻后方。它渡河过来找朵朵，在我家后花园里上演了犬版的《罗密欧与朱丽叶》。

真是“狗在家中坐，祸从水上来”。

离上次朵朵发病抢救过来才过去半年多，刚恢复健康，可不能让它为爱伤身。即便月老牵的是钢丝绳，我都得给它铰了！

那天，痛打落水狗以后，我就找朵朵谈话，开门见山地说：“那是只高智商狗，但是它的出身不好，你俩不合适，断了吧。”

朵朵的妈妈是生了朵朵以后死去的，我不希望朵朵步它妈妈的后尘。况且，朵朵这小身子骨能不能活过六岁都很难说，我不想它再冒任何风险。所以，我劝朵朵放弃当妈妈的想法：咱老老实实活着不好吗？

朵朵只是摆动着耳朵听，一脸委屈的样子，也不明确表个态。这孩子啥都好，就是性格内向，不爱叫。不叫就算默认了。

既然已经做好了朵朵的思想工作，也跟落水狗的主人打过招呼，让她管好那只狗，我又把我家后院门上了锁，这事儿我也就没再深究了。

# 第十四章 我要吃饭

朵朵的求偶期过去了，日子归于平静。我们也恢复了正常作息，早晚遛狗。看朵朵的健康情况稳定，我抽空去了趟草原。我在草原上有一些朋友，想去看看他们。牧民朋友告诉我，草原上的很多流浪狗都不在了，因为传闻有些动物会传染疫病。消失的那些狗最后去了哪里，不得而知。

我猜测，那些狗可能是被无害化处理了吧。在草原停留的半个月，我特别想家，想念父母，想念朵朵。

我每次离家总会早早地告诉父母我要回家的日子，这样，他们可以算着时间多高兴几天。

我回家的那天，原本心情是有些郁闷的，可是还没走到家门口，我就看见了熟悉的身影。

朵朵老远就听见了我的声音，汪汪叫着通报“爷爷奶奶”，然后第一个冲出来迎接我。后面是闻声而出的爸妈，朵朵又蹦又跳，拼命地表达它的思念之情。我抱抱爸妈，又把朵朵抱到肩上，任它亲昵地蹭着我的脸。朵朵就像上天派来我家的小天使，有一个小天使日夜盼着我回家，有爸妈做的热腾腾的饭菜，让我对家的思念更加深刻。活着真好，最爱的人都在，真好。

我像个影子般跟着爸妈在厨房转悠，给爸妈讲着在草原上的见闻，当然是只拣开心的给老人说。我一口气讲完，又问："我不在家的时候，你们都还好吧？"

"好得很，每天带着狗散步，腿脚倒利索。回家就看书、看报纸、看电视剧。"

"朵朵呢？听话不？"

"朵朵每天都到门口望着，等你回家，乖得很。说什么它都听得懂，还天天逗我们高兴。而且现在朵朵一点都不挑食了，给啥都吃，每顿饭量还挺大的。"

我又惊又喜："是吗？朵朵这么懂事啦！"

在我们家，小孩都不在老人身边，朵朵似乎成了陪伴老人的"毛孩子"，也是我们的家人。

我称了一下朵朵，它已经有五斤重了，看它的腿挺长，应该还能再长点儿个头，太好了！

我亲了亲朵朵："宝贝，你现在已经不再是茶杯犬了。我们要身体倍儿棒，吃饭倍儿香，长得结结实实的，做一只'水桶犬'！"

朵朵一个劲儿地点头，满眼喜悦。它一到地上，就按响了"狗语按钮"："我要吃饭！"

我妈笑着答应："好，奶奶给你做饭。"

那个狗语按钮是乌鸦嘴推荐给我的，我买了好几个，分别录下“我要吃饭”“走，出去玩”等语音，放在家里各处。这样，我不在家的时候，朵朵可以通过按钮来向我爸妈表达简单的意思。

睡觉前，朵朵特别黏人，或许是太久没见了，它趴在我床边，扒拉我的枕头，好像有满肚子的话要对我讲。我从被窝里伸出手来，轻轻摸着它的小脑袋，宠溺地问：“乖女儿，你想说啥呀？”

它眨巴着眼睛，嘴里还嘤嘤嘤地哼了好一会儿，停下来想了想，按了一下“我要吃饭”。

我笑了：“才吃完晚饭没多久呢，你个小馋狗。把脸洗了，睡觉。”

它歪着脑袋又想了想，乖乖地跳上小床睡下了，却睁着一双大眼睛瞧着我，直到我关了灯，还能看见那两只星星一般的眼睛在微微闪光。

一大清早我就被一阵咕噜咕噜的声音吵醒了，翻身一看，朵朵正在干呕。它又病了？

它呕了半天也没吐出什么来，又去按了一下“我要吃饭”！

“你都吐了，还吃饭哪？别是得了肠胃炎吧！”我赶紧去卫生间，检查了一下它早上刚拉出的排泄物，看上去很正常。

朵朵执拗地按着那个按钮——“我要吃饭”。

我挺疑惑的，它每天只吃晚餐，中午吃点小零食，早上是从不吃饭的，它只想出去玩。

我给了它十来颗温水泡软的狗粮，不敢多喂，因为摸到它肚子是鼓鼓的，而且昨晚它吃得很多。它吃完后，又开始干呕。

“朵朵，你是不是胃胀啊？要不我带你出去找点药草吃？”

朵朵平时如果身体不舒服，自己会在遛弯的田垄上找点药草吃。拉肚子、呕吐、胃胀、消化不良这些小毛病，它吃了药草，症状就会消失。

朵朵古灵精怪地咧嘴一笑，大眼睛忽闪忽闪的，继续按“我要吃饭”！真服了它，看来饭量确实见长。于是我下楼给它煮鸡蛋。

后来，朵朵也是早上偶尔干呕两声，其他一切正常，精神也很好，就是嘴馋。神经系统异常就会想吐，我最怕它的舞蹈症发作。结果怕啥来啥，某天朵朵的身体突然狂抖起来，我紧张地跑过去，才发现它只是在挠痒痒和赶蚊子。三太公说让我再观察一下，不要一惊一乍的。我又猜想可能是它最近吃得太多了。这段时间我爸妈惯着它，只要它想吃饭就给它吃的，管够，吃的都是好东西：小鱼、牛肉、鸡、南瓜……

朵朵的体重也肉眼可见地增长，五一劳动节以后就长到了六斤。它吃完就犯困，也懒得动，叫它出去遛弯消消食，叫了好一会儿，它才不情愿地跟我走，但走不了太久就要我抱它。我明显感觉它不正常。对于朝夕相处的狗，最能明显感到它不对劲的就是狗主人。朵朵四岁之前，我们也是好吃好喝地养着它，它平均每年才增重一斤。可是现在这短短两个月它就长了一斤半，太快了吧，活动量又没增加，别吃出毛病来。

朵朵还是一天要按五六次“我要吃饭”，有时甚至半夜爬起来要吃的。我提醒爸妈：“别这么喂了，迅速发胖也不是什么好事，这伙食好得都像是产后坐月子了。”说到这，我突然一愣，脑子里好像出现了个悬浮着的小人儿正伸出一根指头点了我一下。我低头看朵朵，它伸直了两条后腿，劈了个叉，两只前爪抱着它的“啤酒肚”，正坐在窗边养神。好粗犷的坐姿，它从前坐下时可都是很淑女、很端正的，现在……脑中那小人儿又出现了……不可能，绝对不可能，它从没离开过家里人的视线。不管怎么说，明天带它去三太公那儿做个体检吧。

第二天清晨，微凉的风吹开了一扇小窗，窗外传来喜鹊的叫声。

我翻个身，还想再眯一会儿。朵朵跳上床来，用嘴拱开我的手臂，躺在我怀里，肚皮朝天。因为它肚子上没毛，怕它着凉，我自然而然地把手盖在它肚子上。迷迷糊糊中，我感觉有一个像小胳膊肘似的东西隔着它的肚皮顶我的手心，又从我的掌心里面滑过去。我半梦半醒的，大脑迟钝地处理着这个信息……

处理完毕，我猛地睁开了眼，惊叫道："朵朵，不会吧？啊！"

我再仔细一看，它的肚子确实在动，我当时就发蒙了。我赶紧起床！穿衣！洗漱！我又使劲拍着脑门儿，强制启动大脑，这几天的反常现象全部串联起来了：晨吐、食量变大、嗜睡、反常的坐姿……它已经向我暗示了，直到主动让我摸它的肚子！亏我现在才反应过来！

我饭也顾不上吃，抱上朵朵就去找三太公。路上，我又给乌鸦嘴发了个信息："睡醒就来找我，出大事了！"

# 第十五章

## 你要当妈妈了

我坐进了网约车，一路上震惊得嘴唇都在颤抖，我也不知道自己当时都在默念些什么。朵朵从我恐慌的样子与摸着它肚子时的紧张姿态，看出了我的纠结。它也慌了，坐在车上的时候，它一直抬起头望着我，眼泪汪汪的。本来它的身子就比较笨重，但还是努力抬起头，支棱起身子，坐在我膝盖上，抱着两只前爪，不停地作揖，似是为它的宝宝争取生存的机会。我眼泪哗地就下来了。

我轻声说：“朵朵，我们先检查再说，你别求我，我们先检查再说，好不好？”朵朵一直在发抖与作揖。平日里对我百依百顺的朵朵从未如此求过我。我十分心疼。早起那会儿我还是蒙的，一切发生得太突然，我一点心理准备都没有，不敢面对未知的风险。

首先，朵朵扛不扛得过这一关？其次，就算能扛过去，狗通常都是生一窝宝宝，少则四五只，多则十来只！想到这个，我更害怕了，如果未来我家里有一堆狗宝宝一起闹腾，连下脚的地方都没有，会是什么场面？怎么养？我还要不要工作了？我父母都快八十了，我还得照顾他们呢！我妈住院那年，我在医院忙里忙外一个多月，根本走不开，多亏闺密把朵朵接过去，才让我得以好好照料妈妈。一两只狗还可以拜托朋友帮忙照顾，一群狗，谁帮得了啊？生活是很现实的！我还没有到万事不愁只管狗的地步。现在弃狗的那么多，杂交品种狗根本没人要。随便送人，狗被虐待怎么办？朵朵生病那么多年，如果小狗也和它是一样的体质，那可怎么办？我眼前似乎出现了十多只“电动小狗”一起“舞蹈”的画面。我赶紧停止想象。

我抱紧朵朵，眼下最怕的还是朵朵因此而死掉……

越想越乱，越想越心慌，我生怕朵朵激动起来又犯病，只能不断安慰它：“朵朵，先检查再说，如果真是……”我一顿，“我会对你负责任的。”

“对它负责任，”司机听得笑出了声，“这狗……跟你啥关系啊？”

我略一迟疑：“我的狗可能怀上小狗了。”

“好事情呀，卖啊，这狗值多少钱？”

我愣了，又一想，这可能是大多数人的想法吧，可我没干过卖狗的事。即使送人，也要千挑万选，生怕送给不负责任的人家。朵朵命苦，我更不忍心把它的孩子卖了。我想对它们尽责，让它们团团圆圆的。

“责任算什么啊，一只狗懂什么？”

这话我不爱听，话不投机半句多。我不再回答，只是附在朵朵耳边说："别怕，妈妈在呢。"

听到"妈妈"二字，司机笑得更欢了，像看见了什么奇怪的人："你们这些爱狗人士，我真是搞不懂。"

空气有些凝滞，司机笑着沉默了几分钟，还是按捺不住他的社会责任心和道德使命感，他想挽救一个"误入歧途"的人。

"小妹儿，不是我说你，一只狗而已，还要进医院。狗就是狗，你管它那么多呢？有这个钱你给父母多好，这才是孝道。你看你们这些养狗的，还'妈妈''娃娃'，一个没把自己当人，一个没把自己当狗，你能跟狗过一辈子呀？这叫玩物丧志懂不懂？"

"还有多久能到？"

"哦，还有五分钟。你是不是生气了？哥是为你好。忠言逆耳啊。父母一辈子容易吗？辛辛苦苦把你们养大，你们却把钱花在狗身上……"

"开快点儿。"

临下车，司机有点担心地说："你不会给我差评吧？"

"谢谢。"我礼貌一笑，关门，走人。

冰凉的超声耦合剂抹到了朵朵的肚子上，它抖得更厉害了，惊恐地瞪大了眼睛。

三太公看着超声仪器上的图像，嘿嘿笑着点点头："嗯，四只。"

完了，我最担心的事终究还是发生了。朵朵要是早告诉我，我还能录个“我有喜了”的声音，让它按出来。不行，要是它隔三岔五地按这个键，我不得疯掉啊。

“您还笑，愁死我了！”我皱着眉头，“多大了？”

“一个多月！”

我掐指一算，4 月 11 日。就是那只落水狗闯的祸！

“朵朵有危险吗？”

“目前看来还算平稳，营养也算跟上了。”

我松了口气，突然很感激我爸妈对朵朵的溺爱。

三太公一手操作探头，一手指着屏幕：“你看，一只在右边，三只在左边。看见脑袋了吗？这只挺活泼。”

我凑到屏幕前细看。母狗是双子宫，右边子宫里有一个大的宝宝，左边子宫里有三个小的宝宝，显得特别拥挤，它们的影像重叠在一起，看不太清晰。右侧那个最大的宝宝异常活跃，它伸胳膊、蹬腿儿，似乎感受到了超声探头。我猜，早上踢我掌心的狗宝宝，可能就是它吧。

当我听见狗宝宝胎心的那一刻，不知道该哭还是该笑。生命力，渴望，顽强，这些词在那用力跳动的声音中向我撞来，如同它们最古老的名字——“扑通！扑通！……”我彻底被震撼了。

我俯下身在朵朵的脑门上轻轻一吻：“没事儿，生下来吧，你要当妈妈了。”

我确信它听懂了，它长吁一口气，停止了颤抖，肚子里的宝宝似乎也感受到妈妈平静下来了，它们也不再挣扎了。

四个小宝宝，还好，没有想象中那么可怕，我还能承受住。

狗妈妈的孕期总共是两个月，现在已经过半，“小汪汪队”预计会在 6 月 14 日登陆地球。

# 第十六章

## 一户只能养一只狗

卧室中朵朵仰躺在它的小公主床上。我和乌鸦嘴像两只大青蛙，蹲在朵朵跟前，研究它的肚子。妥妥的“公主”和“青蛙”。

“动了！动了！”

“这肚子也没多大呀，能装下四只？那得多小的狗宝宝啊！千万别跟朵朵小时候一样弱啊。”

“还有一个月呢，兴许会长大吧。”

“我能听听吗？”

“你看朵朵挠不挠你。”

乌鸦嘴把长发拢到耳后，怯生生地征求朵朵的意见：“让我听一下肚子行吗？你不会发飙吧？”

对这两个没见过世面的人，朵朵歪着脑袋，明显一脸的无奈。它拍拍肚子，两爪一摊。乌鸦嘴兴奋地把耳朵贴了上去。

“怎么听不见狗宝宝们的心跳声呢？只听见肠子在蠕动。”

“得用仪器听，我在三太公那儿就听见了。”

乌鸦嘴不甘心，又听了半晌，问：“狗爸爸长啥样？”

一句话戳到了我的痛处，我脑子里猛地浮现那只落水狗的模样，火气一下子就上来了，嗖地站起身：“朵朵，你等着，我把孩子的爹给你抓回来。”

朵朵赶紧抱住我的脚腕儿——“妈，你消消气，消消气。”

“等会儿，坐下！”乌鸦嘴拉住我，“你给我说清楚了，咋回事儿啊？”

我咬着牙坐下来，把那只狗游泳过来和朵朵私订终身的事原原本本地向她说了。我原以为她会对这无妄之灾深表同情，谁知她却发出了鹅叫一般的笑声。

“那你抓它来管什么用？你还指望狗负责吗？”

“你怎么笑得出来啊！我心疼死了！”

“因为我是局外人啊。你让我先笑一会儿，笑完了给你想办法。”

“好吧。”我气鼓鼓地往床上一倒，拽过被子蒙住脑袋。

“生气啦？哈哈，来来来，我给你讲个故事。你见过我家柯基吗？它腿很短，可是它超级自信。有一次跳粪坑的时候它掉进去了，摔断了一条腿，一身黄汤，还糊了满嘴的脏东西。当时围观的朋友们也是笑得不行，有的帮忙拿了竹竿来打捞它，但是没有用。所有的人里面，只有我会‘粪（奋）不顾身’地跳下去把它托起来，也只有我看见它的断腿会想‘那得多疼啊’。其他人都只是捂着鼻子站得远远的，生怕‘黄袍加身’。所以，人的共情能力是有限的，不要指望大家都能感同身受，朋友们能帮忙提桶水、递个纸巾就已经很不错了。后来，我给柯基动手术接骨头，又做了康复训练，四个多月下来前后花了三万多。医生劝我给它安乐死，外人劝我重新买一只，因为再买一只都花不了三万多，但这怎么可以用价格来衡量呢？我和柯基之间的感情，只有我自己才明白有多深厚，不必要求别人跟我感同身受。况且，哈哈，柯基跳粪坑的样子确实很滑稽，朋友们会笑也是自然反应。过后聊起这件事情，我自己都会当个笑话讲出来，说我家柯基曾经找到过'糊口'的活儿。可是在当时，我只想哭！在不知道柯基还能不能站起来的日子里，我一个人咬牙坚持着。所以，我能理解你现在的心情，但你也得允许我笑。"

我掀开了被角："它咋摔断腿的？"

"下面有石头，谁叫它胖成了煤气罐呢。"

我也忍不住捂起了嘴，又想起我们一家人痛打落水狗的事，两人乐在了一块儿。

乌鸦嘴比我小十来岁，是个"00后"。这一代人看问题更现实，她喜欢实话实说，在朋友面前做真实的自己，不会掩饰自己的情绪。和她相处倒也轻松自在，不必费心思猜。的确，这世界上，不会放弃狗的，只有深爱它的主人；能让狗豁出命去的，也只有它深爱的主人。这种心情别人是很难深刻体会的。

朵朵已经睡着了，我们给它盖上了小被子，乌鸦嘴这才理了理思路，掰着手指头给我分析当前的局势。

“我开始还以为这是各家约好的‘包办婚姻’，这些小狗都是事先有主的呢。现在既然是这种情况，那就很麻烦了，你要面临的有三大难题，个个棘手。第一，朵朵的身体太差，万一犯病，狗宝宝与它都有危险。即便没犯病，我估计它也会难产。第二，四只小狗怎么安排？你养不了那么多。第三，杂交品种犬可能没人要。”

我没有犹豫：“既然朵朵拼命想护住娃娃，那我就全力保住它。杂交品种犬又怎么了，那是朵朵的孩子，生下来后我全养着，我舍不得让它们一家分开。”

“不行的。‘新规’出来了，一户只能养一只狗，你忘啦？你们家两个户口本，最多能养两只，多的上不了户口，不合法。”

啊，我确实忘了这个“新规”，乌鸦嘴见我愣了半天，提醒我说：“你呀，赶紧给小家伙们找主人吧，我看……悬！”

果然被这张乌鸦嘴说中了，没有人肯收养杂交品种犬。我在朋友圈里和网上都发过消息了，却始终没有人愿意收养。关心的人很多，可这些人都有自己的苦衷，要么家里已经养狗了，要么远在异地没法寄送，还有的根本没有精力和经验照顾小狗，更多的听到是杂交品种犬就放弃了。

我的一个老朋友胖虎也看到了我的朋友圈动态，打电话问我咋回事。我不得不向他复述了一遍 4 月 11 号的落水狗事件，还没讲完，他就已经笑得不行了。

他说：“4 月 11 号？我生日啊！我就说你今年怎么连个生

日祝福都没给我发，原来顾着打狗去了。哈哈……”

“你笑完了吗？笑完了就帮我想想办法吧。”

“我倒不认为杂交品种犬不好，混血的反而不容易有基因缺陷。但是大多数人还是喜欢纯种的。我觉得，你该找那狗的主人谈一谈，生小狗的费用他们不用管，但是生出来的小狗得管一管吧。你问他们能不能分担两只，这就能减少你一半的压力。哈哈，毕竟是他们家狗的亲生骨肉，事儿是他们挑起的。如果他们能领养两只，都在一个小区里，朵朵和娃娃们也可以时常见面了，这是一个两全其美的办法。”

我沉默了，我与那家人打过一次交道，实在不愿意再联系他们，因为按他们的品性，不可能把狗养好。所以胖虎的建议恐怕是下下策，我再想想其他办法。我想到，胖虎名下可以养一只狗啊。

“我自己都照顾不好，而且还吃素，小狗跟着我多遭罪，但实在没辙的话，我的户口可以借你登记一个……”

正打着电话，我忽然留意到朵朵正在向楼下张望，顺着它的目光向下看去，楼下有只狗也正伸长了脖子在望它。

我顿时火气上来了，我都已经跟那家人打过招呼了，可他们还散养着这只狗，由着它无人看管，在小区里到处乱跑。

我忍不住骂了一句，又怕吓着朵朵，没有继续骂。

胖虎问：“骂谁呢？”

“那只落水狗！它又来了！在楼下找机会进来呢！”

“啊，那你还真得跟那家人理论理论了，养狗不管狗怎么行？不然以后每年给你生一窝，你咋办？”

“太没公德心了！我明天就去找他们！”

那天晚上，我一想起朵朵动过的手术，还有那些病危通知书就难受，还不知道朵朵这次要遭多大的罪，会不会因此丧命。我睡觉都气得踢被子。规范养狗的人是最受窝囊气的，一面要承受厌狗人士的冷嘲热讽，一面还要替不文明的养狗人背黑锅，这都叫什么事儿……克制、克制……毕竟生米已经煮成了熟饭，还得为小狗找家。还是找他们谈谈吧。

吃过早饭已经过了九点，物业管家上班了，我去调了监控录像。我带着资料，单枪匹马地找上门去。

我叩叩门环：“有人在家吗？”

我叩门环的时候貌似还听到半声狗叫，喊了一嗓子后，那狗叫声似乎给生生咽下去了。

开门的还是那个老阿姨。我再次翻出手机里 4 月 11 号的视频，又拿出朵朵的超声检查单，给她讲了一遍经过。

“这不能证明就是我们家狗干的呀。”对方态度很强硬。

“可以验 DNA。”我就料到她有这一手，当即又拿出朵朵历年来的各种治疗费用，告诉她，如果我们家狗因此事丧命，我将追诉所有赔偿！

她看着费用单，眼睛都睁大了，还在嘴硬：“那狗不是我们家的，狗闯的祸，你找狗去。”

我拿出小区监控中拍到的他们正在遛狗的照片复印件，证明这狗就是他们家的，并说明，如果她送走狗，监控都会拍得一清二楚。

她口气软了下来，试探着问了句："那你想怎么办？"

"第一，管好你们家狗，不许散养，今后不能再发生这种事。第二，生小狗的费用你可以不用管，但是四只小狗，你们得领养两只，想办法落户，妥善安排。"

"你的意思就是生下来免费送我两只吗？"听说不是要交钱，对方顿时变得和颜悦色，"没问题，没问题，我就说嘛，大家都是邻居，你也是个文化人，不会跟狗计较的。有事好好商量，怎么说我们也算亲家了，是吧？"

"关键是你们家的狗要管好，再跑过来惹事，我只有带它做绝育手术了。"

"不会不会，保证管好。绝对不会放它在外面跑了。"

既然对方保证了以后一定管好他们家的狗，我这气也消了一些，心想，说到这个程度就适可而止吧。既然对方认了账，也担心狗再闯祸，只要严加管束就行了。我也不想再要求什么。倒不是这个主人值得原谅，而是我不想逼死那只狗。或许对某些人而言，狗就只是一个看门工具而已。把她惹急了，她为了抵死不认，"杀狗灭口"都有可能。

对方还在一口一个"亲家"地叫着，还说要包一个九块九的红包给"女方"。

“不用了，”我冷冷地问，“‘令郎’呢？”

“谁？”她没反应过来。

“你家那狗。”

“哦，在家呢。奇怪，它今天咋没叫呢？平时如果有人来，它叫得可厉害了。”她往后院张望了一眼，“亲家放心，我等会就收拾它！”

我叹口气：“算了，你也别揍它了，事儿都过去那么久了，现在才打，它也不明白发生了什么。”

“亲家要不要进去看它一眼？”

“不看了。”我想想那张让朵朵受罪的狗脸，我多看一眼也是在受罪。

事已至此，我是万万没想到，这辈子还给狗提了一回亲。朵朵，唉，我苦命的丫头，在“男方”眼里，你只是怀了个九块九包邮的“盲盒”呀。而这家后院的“犬子”听到家长在讨论它的婚事，又会做何感想呢？

身后那阿姨还在喜滋滋地喊着：“亲家慢走。”我一声都不想答应。

我回家后看见朵朵，才想起来竟然忘了问一下孩子的爹叫什么名字。

“朵朵，你知不知道，你妈这辈子都没这么尴尬过。”

就这么着，我的掌上明珠和那只邋里邋遢的狗就成一对了。令我没想到的是，这个消息没几天就成了小区“热搜榜Top1（第

1名）”，老阿姨还在群里说她家的狗是西高地梗，是名犬！有人便接茬：“西高地和泰迪的后代应该叫‘西泰后’。”

我搜了一下西高地梗的照片，感觉与它不太像。西高地原本也是长得十分漂亮的犬种，能被养成那样，也是苦了狗了。

邻居们遛狗遇见我时，都会笑着打听：“‘西泰后’还有多少天驾到啊？”

有热心邻居在帮着朵朵倒计时。还有一个小孩画了四只小狗，对我说：“阿姨，我觉得狗宝宝可能长成这样。”我看着那幅只有孩子笔下才会有的天真烂漫的画，还是觉得十分温暖。

那天，我虽然一气之下去找了对方，也警告了对方不许散养狗，以绝后患，但我知道小狗送给他们家绝不是一个好的归宿。胖虎说：“户口落在他们家，狗你自己养着呀。剩下两只小狗可以落户在我的名下。但我没法养狗，如果寄养在你那里，朵朵全家就都不用分开了。这不也是一种变通的方法吗？”

“那不还是超额养狗了？万一被人举报怎么办？现在全小区都知道朵朵要生出四只狗宝宝了。”

“只要有户口就不怕呀，总不能让它们流浪吧。有时候只能变通求全。”

“我再想想吧。”我担忧地说道。

# 第十七章

## 狗富贵

我是真对那家人感到无语，老阿姨并没有信守管好狗的承诺，才过了几天，我就看到那只狗又出来溜达了。

那天，我刚要出门取包裹。一开门，只见那狗独自在我家大门口嗅着朵朵留下的痕迹，挺着脖子向我家窗户那边张望。与上次不同的是，它的项圈被取下了。

“你还敢来！”我怒火中烧，“你主人不管你，我来管！我逮住你就送医院！”

那狗吓了一跳——丈母娘来了？它撒腿就跑！

我冲它的背影骂了几声，也懒得去追，转身取包裹去了。毕竟它这次也没摸进我家里，现在照顾朵朵才是最要紧的。等我在网上买的小狗接生套装到了，我还得抓紧学一下如何使用，小家伙们出生那天才好应对。

等我拿着包裹回家的时候，看见那狗又回来了。它大概是以为我走了，就又回到我家门口，嘴里叼着什么东西，往石阶上放。它放好以后，跷起短腿儿，在我家门口的石狮子爪下做了个标记，退后几步，又继续往楼上看，一副很专注的样子。我决定先不吼它，轻手轻脚地靠近一点，看看它放了什么东西——貌似是半截香肠和一块儿腊肉。

我回忆起业主群里曾有邻居说过，这狗经常走水路摸到别人家院子里偷香肠和腊肉。想想那家主人一定也不好好喂养它，可能三天饿九顿，它只能自己去偷东西吃，真是可怜又可恨。但最可恨的还是那家主人，出了事，第一时间取下项圈防止有人以为这狗是有主人的。现在，难不成是把它轰出家门了？再看看那香肠与腊肉，这次不知道偷的是哪家。

隔着十多米远，我突然大喝一声："想栽赃啊？"

它吓得一激灵，肯定没料到丈母娘会杀个回马枪，它一脚踩空从台阶上栽下来，来不及捋清楚四条腿，就连滚带爬地逃跑了。

我冷笑着："跑那么快干什么？'底盘'都刮花了！"

我看那狗已经跑得没影儿了，就走到门前台阶上，伸脚把香肠与腊肉一路踢到了巷子对面的垃圾桶边，又掏张纸巾包着捡起来，揭开垃圾桶盖……咦？桶里面竟然还有一些香肠和腊肉，只是生霉了，可能是被人丢掉的。我是不是误会那狗了？

再看看手里捡起来的香肠，没有霉点，只是有点酸涩味儿，应该是从这堆里挑出来相对好一点的。我犹豫了一下，这个垃圾桶有七十厘米高，我如果把桶盖盖上，那狗想要再掀开来拿，就很困难了，估计它也是好不容易才找到的吧。它是不是饿坏了？于是，我把纸巾摊开，放在路边，把它选出来的香肠和腊肉摆在了纸上，转身回家。

我上楼回到卧室，才发现朵朵腆着肚子坐在窗边张望。我顺着它的目光看了一下，正是那狗离开的方向。

“狗富贵，勿相忘？”我心里闪过一个念头，它不会是给朵朵送吃的吧？但我很快就打消了这个念头，狗又不是狼，有那么顾家吗？那狗兴许就是得了肉，散步到我家门口用餐罢了。对，宠物狗被人豢养那么多代，大多都没了共同育幼的家庭观念。除非是田园犬，它们还保留了这个本能，因为它们是半散养的状态，公田园犬是挺顾家的。

我忽然想到喊它“狗富贵”，反正我也不知道它的名字，索性就这样叫了。

散步的时候，有个邻居告诉我，狗富贵的主人不给它开门，它就在门口守着。邻居敲门问，里面的阿姨说那狗不是她家的。我听后就过去看了一下。狗富贵卧在家门口闭目养神，我叫了它一声：“狗富贵，咋的了？没带钥匙啊？”

狗富贵一看见我就急得站起身疯狂扒门，又慌不择路，蹿到那家院子后，扑通一声跳下河。它家在小区的外围，离河道口只有几米远。它游到了自家亭子里，亭子那里有道门，通向后院，门同样是紧闭的，它也进不去，但亭子也算是它家的一部分，这也能让它有一点归属感吧。也许哪天趁着主人开门的间隙，它能溜进去。即使在家的最角落，狗富贵仍然坚守着自己看家护院的岗位。

阿姨家不认狗富贵，大家也只能私下里谴责两句，还能逼她“滴血认亲”吗？偶尔也有人给狗富贵一口吃的，但听说它都没吃。

狗富贵怕我怕到了骨子里。如果有生人靠近，它就会开始吼叫想要护卫家园。但如果来人是我，我只要淡淡地说一声“狗富贵，别叫了”，它立马住口。

极少的时候，我也能听到它在那家院子里，吼叫的声音比在外面理直气壮一些。

我隔墙笑问：“狗富贵，你还记得我吗？”

它闭嘴了，不敢搭腔。即便不吓唬它，我也想挖苦两句，谁叫它祸害了我们家朵朵呢，活该！

有时，我路过它家，看见它和那对石狮子一块儿守在门外，就远远打个招呼：“狗富贵，在值班呢？”

它赶紧夹起尾巴往石狮子背后躲，把头藏起来——“只要我看不见，一切就都是幻觉！”它没有再扒门了，或许知道那扇门是不会为它开的。

大多数时候，狗富贵都是被拒之门外的，我也不知道它有没有饭吃，只是经常还会在我家门口看见它，它还是那样远远地望着窗边的朵朵，朵朵也在窗边望着它。有一次，我离得很近了，掏出手机想把它拍下来，可就在这一瞬间，我瞥见楼上窗户边的朵朵向它做了一个摇头的动作，狗富贵马上警觉地回头，发现了我。它俩居然还有暗号？

狗富贵跑了，又回到它守护的那扇紧闭的门前。

我有时疑惑，那老阿姨为何一开始还因为我要送她狗崽而高兴，在业主群里传播喜讯，才过几天就“翻脸不认狗”，对狗富贵如此绝情呢？

乌鸦嘴哂笑着：“她刚开始以为是送上门的便宜，白得两只狗崽，自然高兴，在群里广而告之免得你反悔。后来可能听邻居们说了，朵朵是个病秧子，阿姨怕万一朵朵难产死掉了，你会找她麻烦。也许还怕朵朵有遗传病，担心今后给小狗看病会花钱，所以干脆把狗富贵赶出家门，来个死不认账。她就是那种会算计的人。”

我对狗富贵倒是有点内疚了，不知道它流浪在外会不会饿肚子，回头想想，其实狗富贵性情挺温和的。要知道农村里恶狗很多，狗富贵虽然会小偷小摸，却从没干过伤人的事，那次我们一家把它揍得“狗急跳河”，它也没冲人龇过牙。

我说：“不过，至少那家人没有绝情到把狗富贵直接弄死，还算是有点良心吧。”

“我看未必，更有可能是老阿姨抓不住它。”乌鸦嘴接茬道，“你还记得她那天说要打狗吗？说不定真动过手。而狗富贵又是个戒备心超强的狗，你打过它一次，它记你一生。看家归看家，但它也不至于傻到让主人逮住杀掉吧。你琢磨这个道理，能游泳抄小路的狗，智商低不了，能逆境求生的狗也自带一股韧劲。

长期饥一顿饱一顿地在家里打工，这点危机意识，它还是有的。况且，事情到现在还没有尘埃落定，朵朵还没生，那个阿姨可能也在观望。最好的办法，就是把狗富贵赶出去，让它自生自灭。流浪狗惹的祸可不能赖到她头上。”

人啊，太复杂了。狗呢，又太单纯了。

狗富贵怕我怕成那样居然还来。这俩狗一个楼下，一个楼上；一个站在街边望月，一个坐在窗前看星；一个是小区孤寡，一个是空劳牵挂；一个是水中狗，一个是镜中汪。

我陪着朵朵在窗前坐下，也看着那条巷子的方向：“朵朵，你是真喜欢狗富贵啊？那狗有啥好，你说说。”

朵朵也没叫，但这么多天了，它能听明白狗富贵指的是谁。它笑眯眯地看了我一眼，继续望着窗外，满脸幸福，瞳孔都快成爱心状了。

这“狗粮”撒得我都咽不下去了。原来狗还可以这么幸福啊，莫非小丑竟是我自己？晴朗的天空好像打雷了，我那天真而幼稚的心灵受到了万吨以上的冲击。

“得了，得了！你俩消停会儿吧。实在不行，我把狗富贵接回来得了！但你俩不能瞎闹，你没意见吧？”

朵朵不理会我的话，伸了个懒腰，起身回卧室。

“喂，你不说话就是默认了啊！”

朵朵按了一下按钮——“我要吃饭”。

“行，我们的准妈妈要吃饭，你吃不完的，我拿下去给狗富贵吃吧。”

朵朵大着肚子作揖，显得心花怒放。

但是狗富贵并没有领情，那半碗饭放在门口都一夜了，它也没动。

到第二天，妈妈说那饭招来了很多蚂蚁，就叫我倒掉了，让我以后别再往门口放吃的，万一招来耗子就麻烦了。我答应了，但是偷偷放了一碗水，因为天气慢慢热起来了，让狗富贵喝口干净的水也好，虽然有小河，但那河水里泥沙多。

但我倒的水它也没动。

按乌鸦嘴的说法，假如她是狗富贵，她也不会吃，因为怕我下药，把它麻醉了带它去医院做绝育手术。在狗富贵眼里，丈母娘有那么坏吗？我有那么坏吗？这还真说不定。

我留的饭它虽然没有吃，但我家门口常常出现一些小动物，例如一只鼹鼠、一只蜥蜴、一只松鼠、两条鱼和两只鸟，都出现在狗富贵当初放腊肉与香肠的台阶上。不用问我也能猜个大概：狗富贵流浪的时候大概就是靠捕猎活着吧，或许，它已经把它认为最好的带过来了。按照朵朵的体形，那两只鸟相当于两只肥鸡了。虽然我们家朵朵不吃这些东西，但是我带朵朵出门溜达的时候，还是任由它仔仔细细地闻了一通，伸出小舌头礼貌性地隔空舔了一下。

随后，我在路边放了块手绢儿，把鸟放了上去。

“狗富贵，自己留着吃吧，你媳妇儿心领了。”

朵朵开心了，只是我妈挺烦恼的："这不是我养的锦鲤吗？是谁把鱼抓上来的？我都发现两次了。"

我只能栽赃给白鹭，反正那些"飞贼"也常来我家捉鱼，帮忙背个黑锅也不算冤枉了它们。

既然狗富贵有本事养活自己，那就随它去吧，省得它以为丈母娘要使坏。我不驱赶它就是了。说句心里话，这"狗女婿"对朵朵还是不错的。

# 第十八章

## 再不救我，没时间了

2020年6月11日夜里。

朵朵突然在家里一趟一趟地打转儿，小爪子在地板上嗒嗒嗒地抓挠，又拖来毛巾铺在床单上。这不会是要生了吧？比预产期提早了三天。大多数猫狗都是在夜里生产，这时候人不能去惊扰它们，最好安静等候。

我拿出早就准备好的接生套装放在床头，趴在床上听着，忐忑地等着小生命降临。守到次日凌晨三点，我困得眼睛都睁不开了，朵朵还躺在窝里大口哈气。

我终于熬不住睡着了。

6月12日早上五点左右，我感觉床下的感应夜灯亮了，借着夜灯那微弱的光，我似乎看见了朵朵。接着，有什么东西爬到了我身上。是朵朵，它趴在我胸口，嘴里叼了一个细长的东西，朵朵还一颤一颤的。它见我睁开了眼睛，就把嘴里的东西放在我的枕头边。我一看，是一块表，我那块表原本是放在床头柜上的，朵朵平时很乖，从不会乱叼我的东西，更何况是摆放在桌面上的物件。但是此时它的行为特别怪异，它可能是用尽最后的力气跳上床叼了那块手表给我。

正想着，朵朵就瘫软了下来。我突然间有一种不祥的预感，耳边响起一个声音——“你再不救救我，我就没时间陪你了。”

朵朵的尾巴根儿已经见红了，它铁定是难产，快撑不住了。我赶紧用浴巾包住朵朵，赶往医院。

早上六点，三太公赶到医院开了门。谢天谢地，他睡觉时，手机没有关机。

做了超声诊断发现，原来羊水几乎漏完了，胎心微弱，再耽误下去狗崽就窒息了，大小都保不住，非常危险！三太公马上安排剖宫产手术。

朵朵刚进了手术室，乌鸦嘴的电话就打了过来。一听说朵朵难产的情况，她说：“怎么，水生改陆生啦！你小心朵朵会不会……”

“别别别！你千万别再说话了！祖宗！”我急了，要不是她在出差，真想把她抓出来捂住嘴揍一顿。我想了想，还是叫胖虎来接我们稳妥一些。

手术还挺顺利的，十多分钟后，护士就托出第一只小狗来，它和手掌心一样大。拿出来的时候，小狗身上湿漉漉的，一点点胎毛紧贴在身上，整个身体呈乌黑色，一动不动，显得死气沉沉的。

我心一凉：“这东西是活的吗？”

“活的。你先让我一下！”护士在手心里揉搓狗崽的胸腔，然后双手合十，把狗崽夹握在两掌中间，狗崽的头朝向护士的手指尖，护士用力往下甩动，把狗崽肺部的羊水甩出来。护士一直在重复这套动作，帮助狗崽排尽体内的羊水。

十多分钟以后，护士才把小家伙放进育幼箱里，打开暖灯，将纱布盖在狗崽身上。

我凑上去一看，心里又紧张又后怕。幸亏及时来医院了，要是我自己还真没有经验。抢救新生幼崽是需要争分夺秒的。我刚才还在纳闷怎么是只黑狗，而现在那只小狗已变成青蓝色，虽然比刚才的乌黑淡一点，可还是不像个活物。狗崽紧闭双眼，也不喘气，也不动，浑身湿漉漉的。过去，我虽然养过很多狗崽，却还真是第一次见这样刚出生的狗崽。

护士时不时地用纸巾擦一下狗崽。就这一会儿工夫，狗崽的毛色逐渐由夜幕般的青蓝色转成了黎明般的淡青色。突然之间，小狗的嘴角轻微抽动了一下，真是活的！

又过了半分钟左右，狗崽猛地张嘴吸了一口气，那是小家伙在地球上的第一次呼吸。我继续看着它，看了二十多秒，终于等到小狗又吸进了第二口气，氧气奔流全身，小家伙的身体肉眼可见地变成淡粉色。这过程犹如一朵花在绽放，又好像薄雾中渐渐舒展开来的晨曦。怀着虔诚的心情，我轻轻揭开纱布端详，在粉嫩皮肤的衬托下，一身白色胎毛显得柔软细密，它的小肚子在起伏，一小截脐带已经被束起来了，像一支毛笔的

笔尖，微微蘸着一点朱红，在雪白的纱布上签到——“我已出舱，感觉良好！”它来了，是个女孩儿！朵朵，你当妈妈了！

我继续等待其他三只狗崽。

这时，护士从手术室出来，说：“后面没有了，就它活了下来。医生请你快过去。”

宝宝出事儿了？还是朵朵也出事儿了？我心里咯噔一下，急忙戴好口罩，来到手术室门口。

三太公隔着门急促地对我说：“朵朵子宫受损严重，子宫保不住了，里面还有腐胎，再不处理就会引发败血症，只能摘除子宫，先告诉你一声。其他情况，手术完了再与你细说。”

我担心地问道：“朵朵没事儿吧？”

来不及答复，三太公已经回到了手术台前。

我从门缝看到了手术灯下那盖着白布的小身体，心狂跳了几下。我生怕耽误麻药时效，不敢追问，只能祈祷着——朵朵才刚当妈妈，可千万别出事！

十多分钟后，三太公从手术室探出身子来：“来个人。”随即他深深叹了口气。

我心一沉，问："怎么了？"

他闭上了眼睛："完了。"

刚刚还沉浸在迎接新生命喜悦中的我感到一阵眩晕，像是转眼间坠入冰窖："朵朵，朵朵……"

# 第十九章

## 欢迎来到地球

“喊什么呢？到隔壁等着，马上抱朵朵出来。”三太公边说边脱下手套。

“不是完了吗？”

“对啊，手术完了，药效一过就会醒了。你想什么呢？”

“那你刚才又是闭眼，又是叹气。我还以为朵朵完了。”

“我困啊！你凌晨五点就把我薅起来，怎么，手术完了还不让我喘口气？”

“你……你这……哎呀，好吧。”

“你过来得正好，看看吧。”三太公指着手术盘里一坨巴掌大的肉。我猜那可能是从朵朵身体中摘除下来的部分。三太公叫来助理医师：“让他跟你说，我这儿有‘病狗’来了。”

助理医师用手术钳扒开一角，大意是说，很少看到宝宝踢子宫踢得这么猛的，羊膜不是自然破的，而是生生被小东西踢破的。小狗太大，宫体已经撑变形，并有多处破损，已经很难靠朵朵自身修复，另一侧的小狗胚胎已腐，可能引发子宫蓄脓和败血症，权衡之下，只能舍弃子宫了。换句话说就是“老大”还没落地就先把“房间”拆了，不得不提前“退房”。而另一边的“小房间”已经自然“坍塌”，只有核桃大小，挤在里面的三个胚胎早已被母体吸收，只残存了一点软组织。它们的养分全部给了独居的老大，所以老大长得特别大，而且是横躺在妈妈肚子里的，因此朵朵无论如何也不可能靠自己生下这个大宝贝。幸亏送来得及时，不然母女都保不住。

虽然我刚开始并没觉得新生的小狗有多大，可是医师告诉我，刚出生的金毛幼崽也就只有它那么大而已，我才吓了一跳。朵朵肯定疼死了，还好只有这一个宝宝，要是四个都存活下来了，还不得把肚子给撑破吗？剩下三个未能存活的原因应该是自然减胎。

也难怪朵朵努力一夜都不行，以致最后把表叼到我枕边向我求助。还好我懂了，再晚来一点点，这只小狗也保不住了，因为羊水几乎漏完，它的身上干了，只剩一点点羊水包裹着头部，像太空服头盔一样护住了头。

朵朵被抱出来了，继续输着液，麻药劲儿还没过。

医师给新生的狗崽检查了一下身体，竖起了拇指，小家伙远比三太公预计的更加健康强壮。朵朵在孕期摄入的所有营养都给了它。

“我能摸它吗？”我实在忍不住了。

护士给我双手消毒。我捧起了朵朵仅有的孩子，想吻吻这个像小天使一样降临到人间的宝宝。

主角都有自己的登场方式，而这个小丫头的登场方式实在特别：先是“拆”了它妈妈的肚子；再是我刚捧起它，它又在我手心拉了一坨胎粪。对于这个“见面礼”，我真的好无语。像天使一样的宝宝带来的礼物就是这么个“添屎”法呀？算了，今天先不吻了。

临走前，我又想起一件事，等三太公忙完了才问他：“听说绝育以后，狗狗的寿命会延长，是真的吗？”

“你想多了。跟人一样，狗的每个器官都很重要，不到万不得已不要舍弃。摘掉器官只能避免这个器官本身的疾病恶化，但更大的弊端是会导致身体其他器官的病变。掉毛、抑郁、精神萎靡都还算轻的，绝育后内分泌紊乱，会导致宠物发胖，肥胖则会导致各种继发性疾病，例如糖尿病、髋关节问题、骨癌、血管瘤、甲状腺功能衰退、尿路感染，甚至尿失禁。犯什么病因狗而异，拿朵朵来说，以后它可能会患骨关节疾病，你要多留意。”

朵朵输完液，但麻药劲儿还没过，东倒西歪的。胖虎来接我们回家时，它仍旧精神萎靡。辛苦了，朵朵，你好勇敢！

“独苗吗？”胖虎问，“这是最好的结果了，你也不用因上户的问题犯愁，也不用和那家人打交道了。”

“是啊，这一只狗崽就差点要了朵朵的命。”

车上，我抱着朵朵，想让它早一点看到自己的女儿，我将小家伙递到朵朵面前。

原以为会看到一番舐犊情深的温馨场景，谁知朵朵竟然冲狗崽龇起了牙，欲一口咬过来。我吓一跳，急忙拿开了小家伙，幸好朵朵麻药劲儿刚过，动作还不利索，否则就咬到它了。

“你咋了呀？”我乐了，“干啥呀，你自己亲生的，你认不出来吗？”

“可能小家伙把它折腾得够呛，先咬一口解解气？”

“小东西在妈妈肚子里‘大闹天宫’，出来以后，还不兴让妈妈反咬它一口吗？合理！”

其实，这是因为刚从昏迷中醒来的狗由于疼痛和眩晕都会烦躁，甚至会产生幻觉，人在麻药劲儿刚过时往往也会这样。这与伦理道德无关。

看朵朵恍惚的样子，它还在犯晕呢。让它自己“醒醒酒”吧。

回到家以后，我倒了些羊奶，用奶瓶喂小家伙。朵朵还是虚弱得抬不起头来，或许是术后不适，或许是有点产后抑郁，它独自披着一条小毛巾，坐在床底下发呆。它可能感觉到了自己身体上的变化，也或许知道再也不能当妈妈了，这是它唯一的孩子。

到晚上的时候，朵朵终于缓过来了。我看了一眼，纸箱里，朵朵正在舔它的宝宝，我没打扰它们，悄悄缩回了头，在床上躺下。过了一会儿，只听扑通一声，朵朵竟然叼着小家伙跳上了床。小家伙对朵朵来说确实太大了，它叼着很吃力，差点从床边掉下去，我急忙护住朵朵。

朵朵用鼻子把小家伙拱到我怀里，一脸兴奋，它乌黑的眼睛闪着泪花，还闪着一种异样的光芒，仿佛在说——“看！它很健康！”

“知道了，我比你还先看到它呢。”我笑道，“你受这么大罪，该不会是想给我留个后吧？”话一出口我又觉得有点别扭。

朵朵把小脑袋依偎进我的怀里，两只小前爪一只抱着我的胳膊，一只揽住小家伙，仰头轻轻舔了舔我的脸颊，似乎想说：“它可以陪你更久……”狗的爱永远真诚而热烈。

我突然想起朵朵央求着我捡回大黄的往事，它该不是害怕自己命不够长，怕我孤单吧？我知道狗对生老病死是有感知的，三太公说过，朵朵随时可能离开。可我又一想，一只狗应该不至于想得那么长远吧？只是它执意求我收养大黄的事确实让我颇为意外，因为很多狗对于主人宠爱其他狗都是会吃醋的，可朵朵却很愿意我把爱分出去。

“朵朵，我要你好好的，哪怕陪不了我很久也没关系。”我亲了亲朵朵和小家伙。

关灯前，我又看了看朵朵和狐狸的照片，心想，以后又要多放一个小朋友的照片了。

小家伙也随我姓李，管我叫奶奶——如果它能叫的话。虽然胖虎对此表示疑惑：“你们家的称呼是不是乱了点儿？妈妈的妈妈叫奶奶？”

但是我不管那么多，这母女俩都跟我姓，咋就不能叫奶奶？它的毛是白色的，就叫小白好了，全名李白。咦？这名字如雷贯耳啊！

“你起名字能不能用点儿心啊？”太奶奶说。

太奶奶，也就是我妈，重新给小家伙起名叫李沐佳，乳名佳佳。太奶奶说这名字里有河水、有树木、有家人、有土地，狗喜欢的东西应有尽有。这名字深刻隽永，读来又朗朗上口，我对这八十岁的老太太实在刮目相看。太爷爷，也就是我爸，对这个名字保留意见。他觉得狗最喜欢的应该是肉，见肉就急着张口吞，还不如叫“李急肉”。鉴于我爸在家中的地位不高，我爸的意见可以忽略不计，所以，全票通过我妈取的名字为狗崽的大名。我的孙女，朵朵的女儿叫李沐佳。

佳佳是个独苗，这或许是“汪星总部”考虑再三后，最好的派遣方案吧。

你好，李沐佳，欢迎来到地球。

# 第二十章

## 亲妈带娃

朵朵刚动完手术，孱弱无力，肚子上的伤口被纱布包裹着，不便哺乳，于是我只能给佳佳喂羊奶。但小家伙吃上几口就扭头不吃了，这点奶根本不够，喂完不到半小时就又饿得找妈妈。听着幼崽饥饿的呼唤声，朵朵毫不犹豫地咬掉了纱布，它要自己喂奶。我担心朵朵的伤口会感染，急忙买来网衣给朵朵套上，在关键处剪几个洞，虽然伤口仍旧是裸露的，但至少也算有所保护。

给它消毒的时候我数了一下，伤口处用黑线缝了十五针。朵朵的一块腹肌被割出了“双开门”的效果，十厘米的口子几乎贯穿了它整个腹部，再往上看，就是它经历过开胸手术的旧伤了。而小狗崽在吃奶的时候，都会有踩奶的本能，佳佳的小爪子时常会在朵朵的伤口上踩来踩去，有时甚至踩出血来。朵朵咬牙忍着，像过去数年它咬牙忍着无数次病痛那样，坚强、勇敢，它知道自己该做什么。

佳佳吃饱犯困了，朵朵就温柔地舔舐着它唯一的女儿，把佳佳哄睡着，这才独自回到小床上去舔舐自己伤口上渗出的血。

“疼吗，朵朵？”我看着都揪心。

朵朵仰起头，牵动嘴角给了我一个幸福的微笑。

“唉，当妈的……等着，我给你做好吃的。保障后勤！”

第一次伺候狗狗坐月子，我也是煞费苦心。牛腩、鸭肝、鸡胸肉、鹿肉、南瓜、西蓝花、菠菜、红薯、胡萝卜、蛋黄、鱼油和营养膏，我恨不得把所有好东西都加进去，全部混合打成糊糊，又想了一下，三太公说要注意它的骨关节问题，又往里加了一点液体钙。一碗集齐了“元素周期表”的爱心营养餐做好了，散发着一言难尽的味道，但颜色是狗最喜欢的棕黄色。我将爱心餐端到朵朵的床前，舀起一勺喂它。朵朵看着碗里的食物，大脑出现了短暂的“短路”。它应该是感动得说不出话来了。

“快尝尝，妈妈辛苦了很久给你做的。”

朵朵深深地看着我真诚的眼睛，缓缓张开了嘴，吃了一勺。

“好吃吗？”

它点点头。

“再来一口。”

它摇摇头。

好吧，我懂了。第一次点头是为给我留点面子，第二次摇头是为给它自己留条活路。在人情世故这一点上，它还是拿捏得比较到位的。

我妈闻了一下我做的营养餐，她的意见是，我这做的还差点味儿，应该再加点鱼腥草、豆汁儿和洁厕灵，然后连碗一起扔掉。

我妈系上围裙亲自下厨，弄了条鲫鱼，准备给朵朵炖鱼汤。妈妈做饭的样子真好看。

我从背后抱着她的腰："妈，你生我的时候，也挺不容易的吧？"

"是啊，每个妈妈生产时都不容易，需要很大的勇气。"

"我小时候很乖吧？是不是你贴心的小棉袄？"

"那当然，你天天都黏着我，热得我都起痱子了。"

女大十八变，狗崽也一样。佳佳还是小奶狗的时候，不能完全确定它长开了以后会是什么样，它的鼻头可能会由粉红逐渐变成黑色或者花色的，换毛以后，毛色可能会有些许变化。但至少目前乍一看，它长得像朵朵。

朵朵小时候睡觉喜欢弓着背蜷成一团，像一个腰果，这是缺少安全感的表现。而佳佳则是大大咧咧躺平了睡，一副天不怕地不怕的样子，还亮出小肚子上没毛的区域，那块地方粉粉的，形状像一颗苹果。两条后腿盘起来像是一颗爱心。别的小猫小狗被拎着脖子时都一动不动，可老实了。而佳佳被拎着脖子时，就使劲转圈扑腾，在我手里扭成麻花状，像刚钓上来的鱼。我卧室的窗帘一直拉着，因为佳佳要十二天左右才能睁眼，这个阶段最好别让它受强光刺激。

朵朵的母爱温柔而细腻。任何时候，只要一听到佳佳哼唧的声音，就马上跑过去看。哪怕朵朵正在楼下餐厅吃着饭，它也会突然竖起耳朵，然后一道白光一般冲上楼去，第一时间出现在女儿身边，但原来它的女儿只是翻了个身。朵朵时刻都在牵挂佳佳，产生了幻听，耳朵里全是孩子哭了笑了的声音。为了能让朵朵安心吃饭，我允许它守着娃，就近在卧室用餐，不用再楼上楼下地奔忙了。

朵朵把佳佳打理得干干净净，它每天都会给佳佳舔毛清理，然后贴在佳佳身边，给它温暖。有时朵朵还会轻轻哼出奇怪的声调，像在哼摇篮曲。

亲妈自己带娃，哪怕每天半夜要起来哺乳好多次，朵朵也从不贪睡。我几乎没操心过照顾佳佳的事，只需要喂饱朵朵保证它有充足的奶水就行了。加上我妈妈厨艺极佳，一个月的时间，朵朵的体重不降反升，它在镜子里看着自己不再纤细的腰身，有点不好意思求我抱它。我估计，朵朵发胖主要是跟它摘掉了器官有关系。

佳佳半个月大时，它睁眼了，看见了它的妈妈和我们。窗帘终于拉开，那个纸箱成了家里的“网红打卡地”，爸妈一有空就会上楼来看看这母女俩。

朵朵很热情，把狗窝让出一半——“进来坐会儿？”

爸妈很客气：“你别忙了，我们看一会儿就走了。不坐了。”

佳佳满月时已经能自己爬出纸箱了，我给朵朵母女俩铺了一个更软和的新窝，方便佳佳爬进爬出。佳佳在光滑的地板上蹒跚学步，朵朵便护着它在屋里到处转悠，看孩子摔倒了再爬起来，便亲亲孩子的脸，再继续走。从卧室到卫生间，从走廊再到书房，朵朵一个一个“景点”给佳佳介绍。

“孩子，以后这就是你的家了，前方出现的‘两脚兽’是妈妈的妈妈，你长大以后要好好保护她。妈妈陪不了你太久，但是他们的寿命很长。”

也是在这个时候，我发现朵朵开始教佳佳使用尿垫。它们之间一定有某种更为便捷的沟通方式，不需要像人驯犬那样用食物奖励或是用宠物定点排便诱导剂。朵朵带佳佳走到尿垫上，示范了一下动作，碰碰鼻子让它闻尿垫，佳佳就学会如何使用了，前后只用了三分钟。而我当初教朵朵定点如厕用了两天时间。果然不同物种之间也有沟通上的障碍啊。我起初不太信，佳佳这么容易就学会定点如厕了？于是我把尿垫挪到别的地方，看它还认不认识。但佳佳就像有导航系统一样，我把尿垫挪到哪儿，它就尿到哪儿，滴水不漏。

小狗的平衡性都很差，因为它们脑袋大，身子轻，走起路来前腿和后腿协调性差，无论是喝水还是吃饭都经常失去重心，一头扎进碗里来个倒栽葱。每次吃饭，朵朵总是先把汤水和边角料舔了，然后坐在一边，把最好的一口留给孩子。刚满月的小佳佳还不敢下楼梯，但是它对楼下十分好奇，常常在楼梯边缘向下望，前腿颤颤巍巍的。这样相当危险。朵朵显然也担心它失足坠落，于是就站在佳佳身后，叼着它的小尾巴，轻轻拽着："别怕，妈妈在呢。"

佳佳长到一个半月大的时候，朵朵每次得到大块的带肉渣的骨头时，就先放在一边。等它匆匆吃完饭，就把肉骨头叼上楼，给佳佳啃。它的孩子可以换食了，也需要磨牙，所以佳佳从小就有一副好胃口和一口好牙。

我最担心佳佳会出现什么意想不到的病症。它是朵朵的孩子，我只盼望它健康就好。

佳佳长到两个月大时，基本能看出模样了。这个混血宝宝什么品种都不像，我原以为佳佳的样子会随它爹，或者体质随它妈，长期药罐相随。可是它完美地避开了爸爸妈妈的缺点：雪白的毛色随了妈妈，耳朵后面两撮浅黄色的毛则是像它的爸爸。朵朵妈妈是标准的贵宾犬卷毛，而佳佳却是蓬松的直毛，就像给贵宾犬做了平板烫。从外观上看，狗富贵在这场基因之战中只获得了参与奖。但是一做体检才发现，佳佳的身体异常健康，这应该是因为它爸爸有着强悍的基因。

现在回过头来分析，狗富贵能从那么远的地方游过来，说明它体质确实好；能想到走后门儿，说明它脑子好使；能从我们一家人的围追堵截中顺利逃脱，说明它身手敏捷；再一想到它自己都小命不保，还给朵朵弄来食物，说明情商也不低；被丈母娘打出了心理阴影还是惦记着要来看媳妇，是只有情有义的好狗呀。狗富贵很丑，但是很温柔。

捧着健康可爱的小孙女，我对狗富贵产生了一点好感。或许，这点好感早就有了。“狗不可貌相”，那家伙除了长得差点，也没有其他缺点，还有一颗放荡不羁的心。不知道它的流浪生活过得怎么样了。

我抱着朵朵和佳佳坐在阳台上晒太阳的时候，常常逗朵朵：“你的富贵来了。”朵朵精神一振，竖起耳朵四处张望，但没发现有狗富贵的踪影，它扭过脸来瞪我：“你骗人。”

“真的，骗你是小狗。哈哈，我带你们去找它怎么样？”

朵朵连连作揖，一点也不矜持。

“富贵是只重情义的狗。朵朵，说真的，你的眼光不错！”

“那是！”

佳佳醒了，打了个夸张的大哈欠，从喉咙深处发出了一声：“啊……奶奶……”那叫声真像是在喊“奶奶”。

这一声呼唤喊到我心坎上，我顿时在幸福面前乱了阵脚，再想让它喊时，它翻个身又睡着了。刚才那声“奶奶”，难道是个巧合？

邻居老刘家的松狮寿终了，他想再养一只好狗。他很喜欢佳佳，与我说了好几次想领养佳佳。我告诉他，佳佳已经在我家落户了。

他开玩笑道：“一模一样的狗，为什么要养两次？”

我说：“因为它是朵朵生命的延续。”

# 第二十一章

## 安乐死

过了一周，我联系三太公预约给佳佳打疫苗，却听护士说三太公被人打了，警察正在现场处理。我赶到现场的时候，三太公和肇事方刚刚被警察带去做笔录了。

我看过医院的监控录像回放，又听护士讲了事情经过，事情经过也并不复杂。

早上有一个狗主人带了他的狗来做安乐死。按流程，医生要先安排狗做体检。三太公发现那狗是健康的，就问狗主人为什么要让狗“安乐”。

狗主人就列举了狗“拆家”、掉毛、吃得多等罪状，说他是被网上那些表现狗有趣又可爱的视频给骗了，所以买了一只狗来养，谁知道养狗这么麻烦。最近，他工作不顺心，人都顾不过来，就不想养狗了。

三太公拒绝了他的请求，告诉狗主人，安乐死是为了给那些被绝症折磨的狗结束痛苦的，不能给健康的狗做，不是说他不想养了就可以随意决定狗的生死。动物也是生命，在养之前就应该做好负责到底的准备。

狗主人觉得三太公在道德绑架他。他的思路是这只狗是他从狗还是幼崽时买来养到现在的，养了一年多，狗还不听话，他算仁至义尽了，现在还舍得花钱给狗实施安乐死，就已经是善始善终，负责到底了。他认为宠物医院是服务机构，既然提供安乐死的服务，那么他给钱，医院就得听他的。他自己的狗要死要活是他的家务事，别人无权干涉。他坚持要给狗实施安乐死，最后说："如果你们不给狗实施安乐死，我就当场把狗打死！"

三太公于心不忍，就说他愿意收养狗，狗主人不同意，说狗是他的，死也得死在他的手上。双方互不相让，这个时候狗的死活已经不重要了，而是狗主人的胜负欲在作祟。

之后，狗主人开始打狗泄愤，护士吓呆了，三太公去阻止狗主人打狗，狗主人反过来攻击他。护士打了 110 报警。门口进来两个路人把狗主人拉开。那只刚挨完打的狗还挡在中间，保护它的主人。

"三太公受伤了吗？"我问。

"走的时候腿有点瘸，可能问题不大。但是被年轻人又打又用脚狠踹，他没受过这种侮辱。"

"老年人更容易骨折，回来最好让他检查一下。把这些视频都留着，他的检查结果也留着。如果他有事，我来请律师。"

我继续调出警察赶到之后的监控录像看。护士说警察现场的处理结果是既然狗主人坚持要给狗实施安乐死，那就按照狗主人说的做。双方签好安乐死协议，动物遗体必须做无害化处理，严禁个人随意丢弃掩埋，因此由医院代为联系宠物殡葬服务店火化，安乐死费用和火化费用由狗主人承担。

“给健康的狗实施安乐死，这是什么处理结果？！”

“听我跟你说完嘛，那个狗主人更狠，觉得他赢了，一定要亲眼看着狗死了他才跟警察走。”

“狗死了？”

护士打开了治疗室的门，冰冷的不锈钢台面上，白布盖着一只一岁多的黑色柴犬，就叫它小柴吧。它舌头伸出来歪在一边，无神的眼睛没有完全闭合，眼角还留着泪痕。

“这只傻狗最后一眼都还在看它的主人，朝他摇尾巴。”

我心里十分难受。小柴，他要你死，你还在保护他，下辈子选个好主人。

我正想合上狗的眼皮，把布盖回去，突然觉得有点异样。它的眼睛并不干涩，我一摸，它的身体是暖的，舌头是粉的，鼻头是润的，还在呼吸？我惊讶地望向护士。

她诡谲地笑着：“还有十分钟，它就该醒了，所以我喊你过来带走它。”

“姐，你太聪明了！”

“不是我，是警察想出来的点子。他叫那人签协议的时候，私下跟我说，让我给狗上点麻药，等狗一昏睡过去，他就把狗主人喊走，不给他时间细看，过后问起就说处理完了。”

这警察真是太机智了，完全不走寻常路。

带着狗离开的路上，我还在想警察这样另类的处理方式可能考虑的是于狗而言，瞒天过海，“重生”后也就跟狗主人没有关系了。让狗主人带走它，那人迟早还会想方设法弄死狗。与其反复受害，不如死里求生。于人而言，那个狗主人三观是扭曲的，让人不寒而栗。三太公没必要跟这种人纠缠下去。双方签了协议，处理了狗，既满足了狗主人作为消费者的优越感，又让他没有理由再去找三太公的麻烦，两清。

警察已经在他的职责范围内尽力帮了一个大忙，这样的处理结果算相当好了。这位警察或许不是爱狗人士，所以他将狗视为宠物来判断。他不会像我们这样一根筋地思考，为一条狗命辩个是非曲直。即便他不爱狗，却仍旧向这个生命伸出了援手，给予了庇护。

我不禁对这位警察十分好奇，用他留下的电话号码搜索到了他的微信账号，跃入眼帘的微信头像是一位英姿飒爽的警员牵着一只警犬的照片。我顿时明白了，发去一条信息：“狗已接走，谢谢你！”

不多时，他回复了一个“嘘！噤声”的表情，回道：“别客气。”

我心里更暖，回道：“期待《伴侣动物保护法》早日颁布。”

他回：“是的。”

放下手机，想起那蛮横的狗主人最后“打赢了”的样子，总觉得心里有些悲凉。衡量一个社会文明程度的标准，应该是看人们如何对待弱者。社会中的不良风气如果得不到及时整治，其他人会效仿，甚至变本加厉。

为着心中那点理想，我联系了律师，请他去派出所调取笔录，为三太公被殴事件维权，也为不应被安乐死的健康犬维权。律师说，这是两个诉讼案件，民事纠纷他可以处理，但针对动物的维权，他也无计可施，目前还未出台针对宠物保护的法律法规。

事发当天，三太公老泪纵横，决意起诉打他的那个人。但是思考一夜之后，第二天他给我打来电话，告诉我算了。改变心意的原因就是他得知了狗还活着，这改变了他的心境。

老人的想法是，不值得再与这种人纠缠了，宁惹莽夫，不惹疯汉。我告诉他如果怕了，还有我们在。他不好意思地说，这辈子诚信为人，没说过谎，更何况是要对簿公堂，如果被问到狗是否被安乐死了，他不想说谎。虽然不是亏心事，但终究怕那人知道狗没死，又去找狗，说不定还会给帮忙的朋友们都添麻烦。

我让他去看看医生，他说他自己就是医生，片子已经拍过了，未伤到骨头。

他让我给小柴找个好主人，“火化”的费用留给他买狗粮。

我认为小柴是比较容易找到新家的。在村子里，小型宠物狗大家都不愿意养，因为小狗不擅长看家护院，主人还得随时护着，怕别的狗把它们咬死。但是中大型的狗还是比较受欢迎的，因为可以看家护院，仅看外观都能震慑偷菜贼。而黑狗在农村更是香饽饽，因为一身黑毛更显得勇猛威武。黑色柴犬看起来和土狗相似，应该能较快融入当地。

我想到了一个合适的人选——陈大伯的侄子小陈。小陈三十来岁，是个花农，有上百亩的花田。他是一个十分善良的小伙子，对黑狗也是情有独钟。他曾经看见河道里好像有一只落水的黑狗，于是毫不犹豫地跳下河去救狗，后来发现那是一个垃圾袋。总之，小伙子虽然眼神一般，但心眼挺好。

果不其然，小陈一看见小柴，就喜欢得撸个不停。小柴刚开始还有些紧张，但被人摸着摸着就舒服得把眼睛都眯起来了。也是这时，我们才发现小柴身上除了那天在医院被主人打的伤痕，还有不少旧伤。经过一番感情培养，小柴跟着小陈回家了。

小柴，噩梦已经结束，你已获得新生，伤好之后就忘记过去吧。

给宠物实施安乐死不是一种逃避责任的简单方式，而是一个沉重的抉择，也是一种两难的爱。主人舍不得它们受罪，也舍不得它们离开。在最后时刻，多少主人因为无法面对而选择躲在门外，狗却还在手术台上拼命寻找自己最爱的主人。如果真的不得不选择这样的方式，那就好好告个别吧，我更希望选择给宠物安乐死的是不忍宠物痛苦活着的主人，而不是因为自己的不负责任就随意裁夺宠物生死的人。

愿每一只宠物都能找到一个对自己不离不弃的主人。

# 第二十二章

## 魔鬼三月龄

佳佳两个月大时超级黏人，恨不得长在我腿上。我走路的时候，它专门往我脚底下走，不是我踩到它，就是它绊到我，而且它还乐此不疲地这样做，似乎觉得很有趣。

它对人类动作和语言的理解还没有达到朵朵那样的程度。例如，吃饭的时候，它们嘴边粘上了饭，我就埋下头在我脸颊边一指："朵朵，这儿，脏了。"朵朵舌头一卷，就把它的嘴角舔干净了，我与它十分默契。而我在对佳佳做同样的动作、说同样的话时，话还没说完，它一个飞身就蹿了上来，一口亲在我脸上！

看来还需要一段时间的磨合，不过，它身手倒不错，有点像它爸。

直到那时，我都还认为佳佳是老实乖巧的小狗，就跟它妈妈一样天生是个淑女。直到它再长大一些。我才意识到佳佳和它妈妈简直不像母女！

2020 年 9 月，佳佳进入了魔鬼三月龄。这个阶段的狗崽似乎已经将“地球破坏程序”加载完毕，随时准备在家里发动一场星际战争。它像上了发条一样，只要醒着就没有老实的时候，而且越来越不听话。这一切是从我的大意纵容开始的。或许是因为隔辈亲吧，朵朵想管教佳佳的时候，我总是溺爱佳佳，为它找理由。

“不就是咬拖鞋吗？小意思，我给它一次性拖鞋。

“不就是啃小床吗？小意思，修一修就好。

“把你最喜欢的玩偶的鼻子、眼睛都抠掉啦？没事，我再从抓娃娃机那里抓点娃娃回来。

“朵朵，小狗磨牙很正常，你老妈什么场面没见过，只要佳佳开开心心的就行了。你小时候，我从没打过你，佳佳还小，你也不许发飙。”

朵朵一听，气得叼着窝就走。它也出不了门，就在阳台上睡。

灾难的序幕由此拉开了——

水管被佳佳啃破，地上都是水。狗曰，何漏之有？

我工作的时候，佳佳鼻子一顶就关掉了我的电脑。

我专门倒的温水佳佳不爱喝，我洗脚时，它就跑来喝洗脚水。佳佳还会去啃打碎的奶碗，弄得一嘴血，我还不能揍，得立刻送它去医院！

我收集了两年的五百色“芬理希梦”彩铅，自己还没舍得用，被佳佳当成磨牙棒，啃断一大半。我要克制，告诉自己孩子还小，要和它好好沟通。让它知道错在哪里，比揍一顿更有教育意义。

佳佳咬破了红色颜料管，浑身通红，事后躺在楼梯下睡觉，我还以为它摔死了。尽管如此，我也不能吼，否则它满屋乱跑，现场更糟糕，算了，先洗洗吧。

我放在抽屉里的身份证和户口本被佳佳翻出来咬掉半边。我抓狂：这么急着给奶奶销户吗？

我终于受不了了，朝朵朵抱怨道："朵朵，你也不管管你女儿？！"

朵朵在阳台上抬头四十五度望天："妈，你只能智取。"

"意思就是你不帮忙呗？"

"活着嘛，最重要的是开心。"

母女同心，其利断金。大浴缸的四个水龙头都被它们打开，四小时灌满，问：里面有几条狗？

"老妈，要快乐吗？加入我们吧！"

我良好的心理素质终于一步一步崩溃了。压倒骆驼的最后一根稻草是那满地的碎钞。

一张张百元大钞被视钱财如粪土的佳佳撕了一地，像下了一场花瓣雨，竟然拼不出一张完整的。

我的"小宇宙"终于爆发了："李沐佳！请家长！马上！"

李小朵坐在我面前，表情很淡定。她给出的理由合理得让我无言以对。

"妈，你以前十分鼓励我撕纸。"

"这个是纸吗？这是钱，红色的！你看清楚！"

“狗是色盲。”

“真无语，它是我带过最难带的一只狗！”

“妈，这话你以前在我面前就说过了，你对每只狗都这样说吗？”

“你为什么就那么倔呢？”

“你为什么就一定要问个明白？”

连狗都吵不赢，我气得要命。现在的“家长”这么不好对付？我花了很大的心思，每天两次，亲自领着母女俩去小卖部，当着狗的面，用钱买火腿肠和小肉干，这样的做法持续了一个多月。在小卖部老板的配合下，终于让这两个败家子明白了钱的用途。它俩也凭“两狗之力”把火腿肠打造成了小卖部的畅销产品。小卖部老板每次看见它俩路过，就鼓掌欢迎。

之前我给朵朵买了十来个狗语按钮，根据我们的生活习惯，分别给她录下了“起床啦”“我要吃饭”“来块肉肉”“早点睡觉吧”“走”“出去玩”“好的”“我想吃药”……这些常用语录完，我就“手把爪”教它使用，除了“我想吃药”这个按钮朵朵从来不碰之外，其他的按钮它都用得得心应手。

朵朵从前很挑食，只喜欢吃带脆骨的瘦肉、鱼肉、虾、兔肝。为了营养均衡，我还是会为它搭配一些蔬菜，如豌豆尖、白菜、胡萝卜、西蓝花、菠菜等，但它不爱吃，如果一顿饭里有蔬菜，它就不停地按“来块肉肉”。

每次我都得告诉它：“这是套餐，不能单点。”长此以往，我干脆把这句话录下了，把这个按钮放在餐厅里。朵朵不想吃蔬菜的时候，只要它按“来块肉肉”，我就踩按钮回敬它“这是套餐，不能单点”。它也只能忍气吞声地吃下，否则，我会把所有食物都收走，饿它一天。

后来有了佳佳，佳佳从不挑食，给啥吃啥，胃口极佳。

我不由得向朵朵感慨：“你看你女儿，多乖的小狗啊。它继承了你的模样、你的智慧，可是这个性格是像它爸吗？如果它再文静懂事一点就好了。我想要不捣乱的小狗。”

朵朵边吃边听我发牢骚，从容地按下了她从来不碰的那个按钮：“这是套餐，不能单点。”

它的思路真是特别清晰啊！我一竖拇指：“你行！在这儿等着我呢！”

这个时期的佳佳特别调皮。只要佳佳犯了错，它就跟奶奶玩“孙子兵法”，不，“孙女兵法”——走为上计！

它那如小旋风一般的腿的起步速度和爆发力让我吃惊。它完美继承了妈妈的长腿和爸爸的反应速度。它甚至跑得比它爸还快，边跑边回头看我：“奶奶跑不动了吗？你这才跑了多远就累了呀？”它甚至在前面停下来，扭屁股摇尾巴，“赢你太多了。”

我承认我玩不起，即使在郊外，我也给它拴上狗绳。谁知道这小东西的力气十分大，好好的肩带硬是被它拽变形了。

文静懂事的朵朵为什么会生出这样一个调皮蛋，我是一万个想不通。对佳佳这个顽童，我是劝不动、吵不赢、追不上，我一次次找它的“生产厂家”理论，但是朵朵表示很无奈：“已经过了七天无理由退换货日期，现在只能维修。”再惯下去，这家里还有王法吗？给佳佳吃“竹笋烤肉”吧。

我卷了报纸筒要打佳佳，朵朵拦着：“不要打孩子！”

我用报纸筒指着朵朵，佳佳抓住我的手汪汪叫：“不要打妈妈！”

逼急了，它俩就默契地钻到床底下绝食，联合起来反对我的暴力行为。

行！你们娘儿俩是来治愈我的还是来给我找事儿的？看来是时候立规矩了！

教训狗必须逮到它闯祸的证据，找到正当的理由，现场指认才有成效！我从前不打朵朵是因为想到它从小没了妈妈，孤苦伶仃地来到我身边，我是它唯一的亲人，即使有错我也不能欺负它。但现在佳佳的妈妈在我家里好吃好喝地住着，它爸也在附近，它就不算孤儿，所以该揍就揍！给足了自己理由以后，我就开始“钓鱼执法”。我把卫生间的门关了，佳佳憋不住在地板上尿了，罪证有了！

但是，就在我转身去书房找打狗工具的时候，佳佳不见了。我楼上楼下地召唤它，找遍了每个角落，还是没找到。平时，我喊它的名字，它都会跑出来。阳台门是打开的，门槛上有个刚留下的爪印——它不会是被吓到了，从阳台上跳下去了吧？

我顿时着急了，跑到花园里甚至大门口找，连绿化带和灌木丛我都扒开来看了。

待我找得筋疲力尽再次回到卧室时，朵朵和佳佳叫出了哭腔，拼命摇着尾巴迎接我。欢迎仪式过后，两只狗都主动趴在那片尿渍旁边，捂着脑袋，撅起屁股：“打吧，轻点哟。”

我这心里哪儿还有气呢？我一手一个抱起了它们，失而复得的惊喜早已让我失去发脾气的欲望了。更何况我本来就是想找个借口发泄一下。

后来，我看监控录像才明白，我发脾气那会儿，朵朵把佳佳藏进了阳台沙发折角处的沙发巾背后，佳佳很乖，一动不动。

我当时连沙发底下都看过了，就是没想到它会藏在沙发巾背后。它俩可能是想等我气消了再出来。但是当它们看见我着急地出门寻找，它们也急了，还在卧室里喊了我几声，可惜我已经走远了，它俩只好在卧室门口坐立不安地等我回来。

它们宁愿挨打，也舍不得让我着急。

佳佳是个闯祸精，朵朵是个小气鬼，它俩有很多缺点，但还是有那么多让我欣赏的闪光点。

# 第二十三章

## 和狗狗的约定

佳佳打完疫苗以后，我们一家就常带朵朵娘儿俩到自家地里去玩。我们种地摘菜，它俩就自寻其乐。

佳佳一见了土地，就特别兴奋，对什么都好奇。我爸正在种菜苗，佳佳就紧跟其后，“帮忙”把菜苗拔出来。我们收了一堆莴笋，佳佳就把莴笋一棵棵又重新拖回地里。“多亏”有了佳佳帮忙，不然这点活，我们早就干完了。

中午，我们收了菜准备回家，可佳佳舍不得离开田野。要按它的意思，在菜园玩一天都可以，但人没有那么多精力，何况，佳佳走到哪儿，祸就闯到哪儿。

田间怪事千千万，佳佳干的占一半。不是逮个蛤蟆塞进菜筐里，就是弄条蛇回家玩，吓得朵朵钻进沙发底下不敢出来，伸长了舌头哈气，紧张得口水淌了一地——狗子的汗腺在舌头上。

等我发现的时候，蛇已经被佳佳咬成几截了，它正抱着半截蛇尾巴在啃。佳佳的脸上也被蛇咬了两个小洞，还好那是条无毒的黑眉锦蛇。

但这条蛇把它妈妈吓出了心理阴影，朵朵看见洗衣机下的水管都会吓得退后三步。我处理完蛇，又来处理佳佳，一边给它脸上搽药，一边联合朵朵一起教育佳佳："抓可以，但是你不能下嘴咬，更不能乱吃东西！"通过朵朵的翻译，佳佳懂了。然后，佳佳又是摇尾巴，又是扇耳朵，叽里呱啦说了一大堆"狗话"。

我问朵朵："它是啥意思？"

朵朵按了一下按钮："出去玩！"

怎么就三个字？这翻译是极限压缩啊！我明明听佳佳说了半天，这会儿它都还在手舞足蹈地叫。

"它还说了啥？"

朵朵又按了一下："走！"

朵朵真是翻译界的"省流大师"。那就走吧！

我就纳闷了，佳佳这些捕猎的本事都是跟谁学的？真相似乎离我并不远：我看见狗富贵带着它抓鼹鼠……

老样子，只要我靠近，狗富贵就害怕得屁滚尿流。也不知道为什么，富贵每次逃跑都手忙脚乱的，跑得东倒西歪，我有那么可怕吗？

也许富贵对我还是有着深重的恐惧和担忧。对佳佳这个独生女儿，这是它的教育理念：做狗，还是要有一技傍身比较稳妥，万一主人不要自己了，还能独闯江湖。

于是佳佳捕猎时就有了奇怪的画风，它抓住老鼠，不是一口咬死，而是用两只前爪按住老鼠，把老鼠搓成条。捕猎是它爸教的，不许用嘴咬是它妈教的。唉，不说了，我还得回家给它洗澡消毒。

狗富贵依旧在老阿姨家院外徘徊守护，进不去门。于是我在业主群里发了消息，告诉大家朵朵只生了佳佳一个，母女平安，已经打完疫苗，它俩都由我们家养着了，同时谢谢大家的关心。我发这条消息更主要的目的是想让那家人知道，事情已过去，不要再为难狗富贵了。

到佳佳四个月大时，朵朵就在狗语按钮前面开始教它“背单词”了。佳佳虽然淘气，但是“学单词”的时候非常认真，可能因为它发现通过这个居然可以让人类对它言听计从。我也会积极配合朵朵的教学，它们“说”啥，我就立马照办。它俩最爱用的按钮就是“出去玩”。

有时，佳佳也会跟着朵朵去陈大伯家探望“大黄舅舅”。有一次，它们正好遇上小陈带着小柴来串门。小柴被领养以后，过得不错，身体更壮实了。小柴可以一眼认出来人是生人还是熟人，它的脖子上还挂了一把花房的钥匙，看来小柴新的职业是看守花房，当“护花使者”。

佳佳跟大黄舅舅很亲，跟小柴却关系不太好。大黄似乎也不待见小柴。田园犬领地意识很强，大伯家是大黄的地盘，若不是那天被大伯拴着，大黄一定会冲小柴发飙。

有一次，小陈摸了摸佳佳，小柴吃醋，把佳佳揍了一顿。

佳佳气不过，想找机会报仇。就算不能正面压制，也要搞点偷袭。农村最多的就是农家堆肥坑。佳佳在坑边留了一条“短信”。

没过一会儿，佳佳看见小柴在坑边跷起后腿尿尿，趁小柴立足未稳，它闷头一撞，把小柴撞下了肥坑。小陈在田边喊狗，只见小柴身披“黄金甲”向他奔来！小陈惊呆了，高声讨饶：“你不要过来啊！”

那天，在一片覆满落霞的田野上，小陈在前方飞跑，小柴在后方狂奔，朵朵向我作揖求饶，佳佳在我怀里撒娇——“奶奶，回去再打吧。”

捉弄小柴的事，我并没有惩罚佳佳。如果是陌生狗，朵朵

和佳佳会谨慎回避，从不招惹。但是相熟的狗之间你追我打是十分正常的，狗跟人玩的方式和跟同类玩的方式完全不一样，不能套用人类社会的规则和道德观念去看待犬类之间的相处方式，这是犬类的社交。如果佳佳不给小柴一点教训，今后佳佳就是小柴的沙包。

佳佳认罚态度倒是很好，但麻烦还是层出不穷。看看自从有佳佳以后不断更新的家规就知道了：

不可以在窗帘下面藏屎；
不可以殴打扫地机器人；
不可以和智能机器人“小度”吵架；
不可以关奶奶的电脑；
不可以抠掉玩偶的眼睛；
不许把点燃的鞭炮叼回房间；
不许把蛇抓回家！
不许用台灯灯罩烤脑袋！
不许把皂荚树的刺放在沙发上！
不许钻进冰箱！
不许咬电线！
……

每一条奇怪的规定背后都发生过一个离谱的故事。这些故事，配上几斤瓜子，能唠一整天。其中最为危险的故事是咬电线。

那阵子太忙，我每天都是忙到深夜然后倒头就睡。由于做清洁的阿姨家中有事，她也没有来过。地板上有灰了，我就打开了扫地机器人。

中途休息倒茶的时候，我发现扫地机器人从窗帘下面推出来一些干红枣一样的东西，这是发现了一个“金矿”？仔细一看，是佳佳“出品”的小颗粒。朵朵母女平时的习惯是出去拉屉屉，可是我们已经连续好几天没有出门了。阳台门也没开，佳佳忍不住就在阳台门前干了坏事，而朵朵妈妈为了护崽，选择了包庇它并窝藏证据，就近把排泄物都推到了落地窗帘下面藏起来，谁料到被扫地机器人一股脑给推到了明处。“狗赃俱获”，母女俩又是被我一顿揍！

从那以后，母女俩就很讨厌扫地机器人，只要它经过就对它拳打脚踢。佳佳索性骑在扫地机器人上，好似发现了新的交通工具。

仅这样，似乎还不解恨，佳佳就在我书桌下，咬起了扫地机器人的电源线。

那天，我正在和胖虎视频通话，忽听桌下传来尖声凄叫，我惊出一身冷汗，低头一看，佳佳被电得浑身僵直，惨叫声越来越大。情急之下我拽住它一扯，但它被牢牢地吸附在电线旁边，根本拽不开。我这才反应过来，急忙切断电源！

从它惨叫到我断电，前后不到七秒。按照常识，我们都知道应该第一时间断电，但是面对突发事件，我的本能反应就是拽它，真是想想都心惊肉跳，如果过电，我俩都会被电到。

佳佳被电得大小便失禁，身体一直僵硬着，只有后腿还能动。它摆脱电线后，以一种奇怪的躺姿，挣扎着蹬腿，把自己推进书柜底下，依然惊恐地惨叫着，只是没有刚才那么剧烈了。朵朵闻声赶了过来，我急步上前，关上书房门，不让它进来。我怕万一这独苗苗真被电死了，当妈的看到岂不心碎。

我拽住佳佳的后腿把它拖出来，急救，按摩，舒缓它僵硬的肌肉；检查了一下，发现它牙龈都被烧黑了，但瞳孔没有放大，舌头边缘略有烧伤。它肯定很疼！

书房门外传来朵朵急切的抓挠声和叫声。我命令："朵朵，安静！"朵朵停止了抓门，但我能听到它紧张急促的喘息声。

经过四十分钟的急救，佳佳终于缓过来，空洞的眼神也有了一点光芒。它鼻子一抽一抽的，眼泪也出来了，张开嘴，大吸了一口气，就像它刚出生时我看见它喘的第一口气一样。它或许是想叫，想哭诉，但也只是徒劳地张了张嘴而已。被电的时候，它的嗓子已经喊哑了。

我也不管它身上有多脏了，为它裹上尿不湿，先抱进怀里安慰一会儿。这样子去见朵朵，万一朵朵应激，我得同时抢救它俩。

"朵朵，去睡觉吧。"我用平素的正常语调对朵朵说。我估计它从门缝里能闻着味儿，知道屋里肯定出事了，但不知道事有多大，而我正常说话能对它起到安慰作用。

我一个人在屋里边给佳佳按摩边哄着它。看到它已经恢复过来了，我笑道："你回来啦？你可真能干……"

佳佳这才委屈地呜咽起来。

"哭啥？有本事犟就得有本事撑着。这次充电以后你就算'电子狗'了，以后出门负责报路况吧！"

被电以后，佳佳透出了"成熟"的味道，原本桀骜不驯的直发变得卷曲，成了流行的"玉米烫"发型。

面对我，它从来没有这么老实地听训过。小小的狗，企图用肉体来战胜科学？这一电，够它记一辈子。

我给佳佳洗完澡，把它放回卧室，佳佳想爬上小床寻求妈妈的安慰，谁知朵朵一脸凶悍地龇着牙。佳佳还想撒娇，朵朵扑上去一口就咬在它后脖子上，咬得佳佳吱呀乱叫。这是我头回看见温柔的朵朵打孩子。没想到朵朵作为家长管得还挺严。

朵朵狠咬一口又心疼，忙不迭地舔孩子的脑袋——"让我看看伤哪儿了？"

嘿嘿，天下当妈的都一个样，对孩子又要打又要哭，又要发飙又要心疼。

那天，我洗完澡悠闲地躺在沙发上，看朵朵在我脚边居高临下地训孩子，立家规。对此我很得意。前些日子，这俩都不是省油的灯，但这次朵朵终于跟我统一战线。有了这个盟军，还愁对付不了佳佳？我时不时地添油加醋拱个火，免得朵朵太快消气。

让它俩遵守的规章制度那么多，作为交换，它们按响“起床啦”“出去玩”“吃饭”等语音时，我也得及时回应它们的要求，如果多次不照做，我就会被它们列入“失信黑名单”。下次再想单方面对它们提要求，就没那么容易了。

闲暇时，我也会带着父母，领着朵朵母女去旅行，到海边、到山林、到草原……

当然，跟狗的约定也会偶尔更新，例如：不许往海里面跳！

佳佳和朵朵一样喜欢游泳，头回来到海边，它就有了下海的打算。佳佳一路欢腾着向海浪冲锋，我急忙拦住它，但为了让它过过瘾，还是抱着它的腰让它狗刨了几下。

“不许招惹大龙虾。”

因为佳佳在海鲜早市被龙虾夹住过鼻子，回来哭了一路。正所谓兴高采烈去看虾，平白无故挨顿掐；我把龙虾买回家，蒸熟摆盘加葱花。这就算是给它出气了。

虽然佳佳鼻子还疼，但大海的美丽还是令它很愉快。只不过，那以后凡是看见虾、蟹这些全副武装的“铁甲战士”，它俩都会理智地靠边站。

“泡澡时间不要太长。”

这条规定多少有点嫉妒的成分。朵朵爱泡澡，还喜欢边“追剧”边泡澡，看着它那舒服的样子，我真想送它去上班。

# 第二十四章

## 爱上滑板

在我与狗狗的约定中，佳佳一天天长大了。它追求时尚，对穿搭有自己的见解，它喜欢“炸毛”那种狂野的发型和它自己“亲口”改良的破洞牛仔裤。即便是普通的套头衫，它也能露一手，穿出另类的风格。对比朵朵身上几乎看不出磨损痕迹的衣服，它们这两代狗的区别也太明显了。半岁时，佳佳就已经几乎穿不下朵朵的衣服了，它躺下想对我翻肚皮，我生怕衣服上的扣子弹我脸上。

我也尝试给它们穿亲子装，但穿上以后突然感觉它俩太不像亲子了。朵朵笑起来很好看，佳佳看起来很好笑。朵朵一身“羊毛卷”，佳佳满头“玉米烫”；朵朵的发型“窗含西岭千秋雪”，佳佳的发型“横看成岭侧成峰”。我原以为狗狗小时候丑点没关系，长开了就好了。然而，此“颜”差矣，它不但长开了，而且想开了。

入秋时，佳佳突然迷上了玩滑板。起因是佳佳看见一个小女孩在绿色步道上玩滑板，它很兴奋地追上去，向我作揖，盯着滑板又看着我，这说明它想要。这要玩具的姿态与它妈妈小时候如出一辙。这还是它头回向我提要求呢，好吧，满足它的愿望。我选了狗狗最容易分辨的蓝色。

佳佳“提新车”那天兴高采烈的。佳佳初次上板，朵朵像个啰嗦的老母亲，围着佳佳转还一直叫唤，似是千叮咛万嘱咐。

我挽着我妈的胳膊哧哧地笑：“你瞧，是不是当妈的都这么啰嗦啊？”我妈白我一眼，又不好发作。

“佳佳，请开始你的表演。”

然后，大家都在等下文，谁知道佳佳站上去就不动了，难道它以为这跟扫地机器人一样是自己走的？

“傻狗，你得用脚蹬！”

“啊？这不是自动挡的吗？真费劲！”佳佳伸出一条后腿，小心翼翼地滑动。

朵朵一路跟着它，偶尔叫两声像在给女儿壮胆。我是又新奇又好笑，就想看看这四条腿的家伙能不能搞定四个轮子的滑板。

有了心爱的滑板，佳佳很少闯祸了。只是，它每天都想出去玩，哪怕下着大雨，它也一个劲地按“出去玩”。我先是好言劝它，可它还是不断按“出去玩”。

在它的眼里我同时看到了“望眼欲穿”和“气急败坏”的意味，从开始的一脸渴望到撒娇再到最后气得嗷嗷叫，好像下雨是我的错一样。到后来我也懒得解释，不理它了。佳佳生了一天的气，也不理我。直到被饿坏了，它才跑来向我低了头。

佳佳刚开始学滑板，自己也是提心吊胆的，从它夹着尾巴的样子就能感觉到它的害怕，但是越害怕越容易出问题。佳佳的尾巴毛太长了，被卷进了轮子里，并紧紧缠住，惯性让它摔得很狼狈，它惊恐地拖着滑板跑了十多米，惨叫声连连，连尾巴毛都被扯下一缕。接下来一周时间，它看见滑板都心虚，选择绕着走。

我以为它会放弃玩滑板，谁知一周后，它尾巴上的伤好了，又指着滑板要“出去玩”，我不知道它为什么对滑板那么执着。按照我对它的了解，一旦伤过它的东西，它是绝不会再去碰的，就像那次被电击一样。

上滑板时，我帮它提起尾巴，示意它得把尾巴翘起来毛才不会再被卷进轮子。后来我又想了个办法，把它的尾巴毛编起来，编成一条轻巧蓬松的拳击辫，用小皮筋扎起来，我觉得挺好看的。可是我爸说，它把尾巴举起来摇的时候，怎么看都像响尾蛇。胖虎搞不懂我：“你费那劲累不累，为啥不直接把尾巴毛给它剃了？”

剃了多难看啊，圆滚滚的身体，配上一条光溜溜的尾巴，不成鼠标了吗？胖虎很干脆：“要漂亮还不容易吗？来，化个妆！”他拿起记号笔就给佳佳画了眉毛。这个讨厌的老顽童！好长时间胖虎画的那两条丑眉毛都洗不掉！

几个月的练习下来，佳佳掌握了玩滑板的技巧，而且还会转弯，刹车急转也越来越熟练。它兴奋得好像完成了一件人生大事。

我妈也终于逮到了说我的机会：“你瞧，给佳佳一根肉骨头，让它帮你考驾照，没准就过了。”我的笑容消失了，没法反驳。

一天，我发现佳佳反过来教它妈妈滑滑板。佳佳不断地上下滑板给朵朵示范，就像当初朵朵耐心教它一样。朵朵抵挡不住女儿的热情，象征性地爬上滑板去坐了坐，领了这份心意。可是朵朵终究还是胆小，不敢滑起来。佳佳显得非常失望，围着滑板又推又挠。最终，佳佳也只能陪着朵朵站在滑板上吹吹风、看看花。

那天以后，佳佳对滑板失去了兴趣，每次散步也就是与朵朵速度保持一致地慢慢走。

这时候佳佳已经快一岁了，它突然变得沉稳、懂事、心思细腻，不但再也没有乱啃乱咬的行为，而且每次出门都紧紧跟随，仿佛是我的护卫。如果朵朵没有跟上，佳佳就在我前面绕一圈，提醒我注意安全，然后跑回它妈妈身边等着。佳佳每次吃饭都会让朵朵先吃，得到了大骨头也会叼进朵朵的窝里。

而这时，我繁忙的工作暂时告一段落，注意力才回到朵朵身上。我发现朵朵似乎越来越不爱活动了，每天睡觉的时间也越来越长，在家里喊它老半天也不现身，散步的时候感觉它走路有点瘸，常常提起左后腿走路。

朵朵走不动了……

看着滑板，我似乎找到了一个奇怪的答案。

三太公给朵朵拍了片子——髌骨脱位，三级。相当于人的膝盖骨滑脱到了腿的内侧，经脉的“弓弦效应”把朵朵的两条后腿拉成了“O”形。可想而知，朵朵每走一步都会很疼，但它还是强忍着剧痛，努力追随我和佳佳的脚步。狗的耐痛能力远超人类，不到忍无可忍，不会轻易向人们发出求救信号。

朵朵生育过，又取掉了重要器官，导致身体发胖，它的骨关节终究还是出问题了。

我突然为自己那段时间因为忙碌而没有关注到它身体的变化而内疚。那时，我就连散步都在打电话谈工作，每次若不是佳佳跑来转圈提醒，我都没注意到朵朵已经累趴下了。

像这种情况，最好尽早动手术。手术中要将骨关节挖深，把膝盖骨重新卡回原来的位置，恢复力学平衡。

三太公是中医，擅长理疗与调理，寻常的手术他也没问题，但他并不擅长骨科手术。兽医也是要分科的，只是分得没那么细。骨科专业性很强，髌骨内脱手术算是比较大的骨科手术，风险高，不能随意找宠物医院动手术，如果手术失败，甚至有截肢的可能。而且，即使成功，术后一两年也有可能复发，因为膝盖处的软骨会再生，有可能会再次把髌骨顶脱位。总之，做这样的手术必须找我信得过的医生。我多方打听也没有寻到极富经验的医生，又考虑到朵朵动完剖宫产手术还不到一年，身体机能还没有完全恢复，只好先保守治疗着，同时拜托朋友们继续帮我寻找好医生。

髌骨脱位和脊柱等骨关节出现问题的小狗最怕的就是上下楼梯，这会加重病痛，所以我每次上下楼都会抱着朵朵和佳佳。但我的膝盖也不好，是从前在高原上长期经受风寒落下的毛病。每次看见我抱着朵朵与佳佳上下楼，我妈就心疼我，而我更心疼我妈。

妈妈从前怀着我的时候，在山路爬上爬下，也留下了陈年旧伤，如今年事已高，爬楼也是举步维艰。我想给家里装个电梯，可我妈一听说装电梯那么贵，就使劲推托："我就住在二楼，每天上下几趟当是锻炼，再爬个十年八年也不成问题。你挣钱不易，不要浪费钱。"然后她又大讲老年人多锻炼的好处。为了证明她很厉害，回江西老家爬三清山的时候，她坚持不坐缆车上山，全程十多公里山路全靠自己走完。

我若再跟她提装电梯的事，她还会生气。当妈的是不是都那么犟啊？以为我看不见她上楼紧抓扶手，下楼颤颤巍巍的样子吗？

这事我自己决定了吧，余生还有几个十年八年？我不想让老人等待。

朵朵接受理疗的效果似乎很好，配合止疼药、中成药及关节强等，一个月后，它居然不再跛行了，高兴起来还会与佳佳打闹追逐一番。这看起来像康复了吗？我不由得十分惊喜。

但是三太公告诉我保守治疗只能起到缓解与镇痛作用，无法从根本上解决病变的问题。朵朵是早产儿，而茶杯犬几乎都有骨关节问题，再加上生宝宝、绝育等导致发胖，更加重了它关节的负担，手术迟早还是得做。

# 第二十五章

## 同病相怜

长期的伏案工作让我肩颈疼得厉害。我想着等工作完成，还是去做一下理疗吧，但理疗非常耗时，我工作繁重，身不由己，就一直拖着没有去做，靠贴点膏药或吃止痛药缓解疼痛。

疼得脑袋都抬不起来时，我只能仰躺在床上，用绳子把一个油画内框吊挂在蚊帐上，把平板电脑镶嵌在框里面，这样躺着跟胖虎视频通话并工作。当止痛片、膏药和按摩仪器都不顶用的时候，我只能把一块硬物抵在肩颈的疼痛点上，以痛制痛。持续的神经性疼痛真是让人精神崩溃。阴雨天和寒夜时疼痛还会加重，我实在忍不住也会咬牙呻吟几声。不哭是我最后的倔强，眼泪是最没用的东西，我不想为病痛而哭泣。

朵朵听到我在呻吟，就会用力往床上跳，想上来陪我。但它的腿使不上力，已无法像从前那样轻盈地跳上跳下了。为了方便它上下床，我给它买了贴有软皮的小爬梯，放在床脚。

朵朵每天一上床，就上上下下地闻我，一副忧心忡忡的样子。那半年的时间里，它养成了一个奇怪的习惯，只要我一躺下，它就来挠我的肚子。我猜想是我身上的药味太浓，它不习惯。

在朋友们都难得一聚的时期，乌鸦嘴就总喜欢找我视频通话。她看我每次都躺着跟她说话，便笑道："扛不住就别扛啦，工作是为了生活，你知道现在亚健康的人为什么那么多吗？"

视频通话有个好处，就是可以按静音。这是对付乌鸦嘴唠叨的好方法。

可是，视频通话可以静音或挂断，我们的压力却无法中断。幸运的是，我的身边还有两个"汪星人"，它们让我变得快乐，暂时忘却压力与烦恼。

我把写字台和沙发都推到了窗边，看见绿色的事物心情会更舒畅一些，病中的人一定要仰望蓝天，自己给自己鼓劲儿，不然会更压抑。工作之余抱一抱小狗，很舒心。

不过这两个"汪星人"似乎也有自己的想法，它们总是热衷于挠我的肚子。

朵朵前前后后闻了我好几天，还踩在我肚子上又抓又挠。我笑了："傻丫头，我是颈椎痛，不是肚子痛。你想帮我按摩吗？小爪爪使的力度不错。"我翻身趴在抱枕上，指指后肩，让它给我踩背。

但是朵朵不听我的指挥，就只想挠我的肚子。指望不上它，我又喊佳佳来为我踩背。谁知道佳佳也跟它妈一样，只对踩肚子感兴趣，还爬到我怀里来，仔细嗅我的气息，一脸担心地舔我的下巴。我一闭上眼睛，它就把我挠醒，好像怕我猝死一样。

有一天，我吃了止疼药，还是疼得昏睡过去。半夜醒来时，朵朵就在枕边看着我。我把它揽入怀中，轻轻问："朵朵，你疼的时候是不是也这么煎熬啊？"

朵朵不说话，只是靠在我胸前，把肚子翻过来，抱住我的手要求我摸它。

我吃力地抬手抚摸它。还记得刚把朵朵接回家时，我也是这样抱着它睡，那时候它像一个凉凉的果冻，体温很低。

"小胖妞儿，如果我垮了，你可咋办呢？"

这家伙又开始急切地挠我的肚子，还靠着我的手臂，立起半个身子来一个劲儿给我作揖。真羡慕它，只知道撒娇。我得振作起来，爸妈还在等着我，朵朵与佳佳还得依靠我。

我算了算工作进度，再坚持十天，就去做理疗。

我给医院打电话预约挂号。我已经连续两年没做过体检了，医生建议我既然要进城，趁着现在人少，顺便把体检做了，我答应了。

令我万万没想到的是，体检结果显示我的腹部竟然有一个肿瘤，已经有点大了，需要立刻动手术。我傻眼了，肚子里有个直径七厘米的肿瘤，我竟然一点感觉都没有？不过，也许等我有感觉了，就已经晚了吧。

因为不知道肿瘤是恶性的还是良性的，我怕父母担心，就只说因工作要进城小住一段时间，没有告诉他们我要动手术的事。按照我爸妈的性格，若知道我住院，他们就算挤地铁也要每天给我送饭，所以，还是不要让他们担心比较好。

我知道如果我不在家，狗会守在门边彻夜等候，我怕它们打扰父母休息，当然，也怕狗富贵趁我不在又溜进家来吓着爸妈。我就拿了一袋狗粮，把朵朵和佳佳也带进了城，先送到宠物店寄养。

签完手术同意书，剩下的事就交给医生了，我准备听天由命了。

动完手术，医生建议我回家好好休息。医生给我装上镇痛泵，告诉我怎么用，又把术后要输的液、要吃的药一股脑给我打包好了。原本是要住院的，但我放心不下朵朵和佳佳，早点回去也好。

我出院时的状态非常差，这辈子第一次动手术，绑着镇痛泵，举着输液瓶，背着一大袋药，像一只老虾米一样弓着腰，一只手捂着肚子，一步一喘息，这狼狈样子可不能让父母看到。我叫了个车，接上狗，回了城里的旧居。

为这事，乌鸦嘴还有点生气："你咋不叫我来接你？朋友遇到难处得互相帮助啊！"

我不敢笑，一笑伤口就疼："下次吧。这次太麻烦了。"我不想麻烦朋友，乌鸦嘴也是上有老下有小的。

"吃饭咋办？狗咋办？谁给你输液换药？"

"叫外卖，有狗粮。我自己都能行。"

我的旧居是个老式居民楼，没有电梯，而我家在六楼。佳佳是第一次来这里，它围着我和朵朵绕圈，好奇地嗅我身上的味道。我本想抱着朵朵上楼，但是它躲开了，它要自己爬上楼。我一步一歇地挪，朵朵也一步一叩首艰难地爬，好像在攀爬通往天上的云梯。我看着朵朵那像是在翻山越岭的身影，有一种同病相怜之感。

我们终于爬回了家，先叫了外卖吃，又整理好床铺，躺下就再也不想动了。经过这一番折腾，手术的伤口已经渗出一大片血渍。我刚把镇痛泵接上电源，佳佳就跳上床来，我一阵紧张：小祖宗，你可千万不能碰我的伤口啊！

但是佳佳没有挠我的肚子，只是在我的腹部嗅了一番，然后躺在我旁边，把头搭在我的腿上，安静了下来。

我有点意外，为了验证心里的猜测，我把朵朵也抱了上来，它也做了同样的动作，检查了一番后小心翼翼地躺在我旁边。

“你俩是不是知道什么？”但我的问题是不会有答案的。只是从那天以后，它俩再没有抓挠过我了。

那天晚上，我疼醒过来，血已浸透了纱布。我自己给自己换药。朵朵、佳佳就守在旁边，伸着脑袋看得可仔细了，一点不给我留隐私。

“你俩能不能回避一下？有那么好奇吗？我是病人懂不懂！”

朵朵傻乎乎地眯了眯眼睛，懒洋洋地倒在地上，肚皮朝我，它那些疤痕还在呢，比我的可长多了。开胸、剖腹它都经历过，才几斤重的身体已经动过几次大手术了，哪一次不是生死劫！看着它的眼神，我顿时觉得自己这几厘米的刀口不值一提。

那不矫情了，我把镇痛泵拔了，痛就痛点儿吧，戴着那玩意儿累赘，还老是让我头晕想吐。

躺着吧，做个“饿”梦减减肥也是不错的。

蒙眬中，我梦见了狐狸，梦见了在这旧居里度过的时光，也梦见了草原和回归那里的生灵。

下午，我被饿醒了。我站在阳台上，佳佳在阳台上耸起鼻子嗅了一会儿，冲我叫了几声，朝着楼顶花园的方向跑了几步，又回来一晃头，要我跟它去。

“想去楼上玩吗？你自己去吧，”我指指手术伤口，“我不想爬楼。”

佳佳不愿意，又来拽我的裤腿，朵朵也附和佳佳，母女俩一起点头作揖，邀我上楼顶。我拗不过它俩，只好拿起了拐杖，跟它们走。

踏着熟悉的台阶，我想起楼顶的花坛里还埋着过世多年的狐狸，心里一阵酸楚。狐狸到死都没有离开过这个家。我们搬家的时候，曾经想把狐狸的遗骨也迁去新居，可是爸爸挖了很久也没有找到半点残骸，想来狐狸小小的身躯早已化作泥土了。如今，我已回来，就带着它的新伙伴去看看它吧。

我随着朵朵母女缓慢上楼，刚登上最后一级阶梯，一抬眼，我惊呆了！

满楼顶的蔬菜生机勃勃！那里原本是一小块菜地。蜗居城里时，父亲每个季节都会变换着品种种上我们喜欢吃的蔬菜。我们搬离多年，菜地早已无人管理，可是楼顶充足的阳光、雨水让这些顽强的生命已经长得盖满了整个菜地。从前自然掉落的种子和深埋的根茎，不知经历了多少个轮回的野蛮生长，造就了现在屋顶的奇迹。

在狐狸的长眠处，植物长得最为旺盛，这里还开着一丛小雏菊。据说雏菊的花语是深埋心底的爱，我曾经把雏菊种在埋着狐狸的小土堆上。那雏菊一直活着，生生不息。

我的眼睛瞬间模糊了，泪水洒在了花瓣上。

狐狸，是你吗？你一直守着这个家，等着我回来是吗？

雏菊随风摇曳，在斑驳的阳光中散发着幽幽的香气。

朵朵、佳佳，你们有一个哥哥，曾经住在这里。它像你们一样雪白可爱，像你们一样陪伴了我很多年。它已变成天上的星星，在看着我们呢。

是啊，那些我们曾经爱过的生命会给我们留下爱的烙印。谁说狐狸走了？它一直都在，从未远离。它的躯体虽朽，灵魂却依旧炽热。这满院的郁郁葱葱，何尝不是它留存在世间的柔情？

谢谢狐狸、朵朵、佳佳！

我掀起衣角折成兜，摘了很多菜。

我把摘下的蔬菜又分了一大包，用袋子装好，放在隔壁邻居的矮墙上，留张字条：“送给你！祝一切顺利。”

第二天，我在同样的地方看见了另一个袋子，里面是两包挂面和一小瓶盐，也留着字条：“送给你，谢谢你给予的温暖！”

看！这个世界是有光的！人心是暖的。

# 第二十六章

## 久病成良医

我曾经担心如果朵朵突然发病，该怎么办。但是，永远不要低估生命的顽强与动物的智慧。长期在城外长大的朵朵也有着自己的一套自救本领。

自从朵朵成年以后，但凡有机会去田野或山林里，它都很忙碌。除了标记地盘、获取信息、锻炼身体，它还有一件重要的事情，就是啃草。

起初，因为考虑到朵朵身体孱弱，肠胃不佳，我曾经制止过它啃草的行为，但是后来，我改变了对此事的态度。

2016 年，我带着全家到青城山度假。可能是农家提供的膳食不太干净，吃过午饭以后，我感到有些腹痛，而朵朵更是呕吐腹泻，一下午都在墙角弓着背，精神不佳，也没什么食欲。事发突然，山里没有医院，何况天色渐晚，也找不到车出去。随着太阳落山，朵朵强打起精神，走到门口冲我一扭头——“走！”

我身体不舒服，本来不想遛狗，但是朵朵一点没有退让的意思，急于出去，我只好随它一起出去走走。这一路上，朵朵都是夹紧了尾巴走——狗肚子痛时就会夹尾巴。

那天，朵朵在山路旁找到了一大片植物，它直接无视我不许它在外面吃东西的“家规”，趴在草丛里大嚼起来，身上沾满了细密如针的草籽。我打开手机电筒光仔细看，它吃的是鬼针草。这草又名婆婆针，由于它的草籽常常沾在狗毛上很难弄掉，农村也有人管它叫“狗沾沾”。鬼针草可是很好的药材，它可以治肠炎。我曾长年在野外生活，认识这些可以在生病时应急的药草。

于是，我也采了一把鬼针草嫩叶回去煮水喝。第二天，朵朵和我都康复了。只是沾在我们身上的那些鬼针草草籽扎得人十分难受，我花了小半天才弄干净。我把草籽扫到路边，任它生根发芽。鬼针草与小狗之间，我为你治疗疾病，你为我传播生命。

野生动物会寻医找药自救，这并不稀奇。动物存活至今，当然也有它们的一套医术。农村的土狗和草原上的狗极少依赖人类的治疗，它们小病自己诊断，大病自我了断，把这一辈子都安排得明明白白。老狗不死家，当它们预感到自己无药可治，生命将要结束时，便会离开主人，独自走向生命的尽头。

不过，令我意外的是，已经被人类改造成了“玩具宠物”的小贵宾竟然也是这种古老医术的“非遗传承者”。可见，尽管品种犬一代一代被人圈养，外观早已没了祖先的模样，可在它们的血液中，仍然流淌着与自然生灵互助共生的默契。

此后，我便留心记录朵朵都采食过什么植物，再与它当时的症状和之后的恢复情况做比对。

这些年来，我观察到朵朵采食过的药草主要有：峨参、藿香、蒲公英、木天蓼、白芷、鱼腥草、益母草、车前草、毛蕨、苎麻叶、榉树叶、朴树叶、鬼针草、蛇床子、楮实子，等等。这些药草功效各不相同，主要对抗的是风湿、骨痛、感冒、肺病、咳嗽、消化不良、上火、痛经等症状。身体无恙的时候，朵朵是不会去啃草的。有时积食，肠胃略有不适，它也会简单地啃草催吐。朵朵找的药草不仅有内服的，也有外用的。

2017 年 3 月，朵朵感染了皮肤病，它在野地里找到蛇床子，踩着那堆药草嗅来嗅去，不吃也不走，直到我给它采集了一袋子，它才跟我回家。蛇床子有毒，但毒性较弱，我咨询了一下三太公，然后将蛇床子配上独活、艾叶等熬水给它擦拭患处。一周以后，朵朵的皮肤病好了。后来我才留意到，蛇床子是一些皮肤病外用药的主要成分。

2019 年，朵朵胃胀、干呕、咳喘、上火。医院各项检查下来没有检查出什么病，医生就开了益生菌和止咳糖浆。我把这些药拌进朵朵的饭里递给它，它向我投来了意味深长的眼神——“怎么，你现在下药都不背着点儿狗了吗？”

朵朵不吃我给的药！它自己去田垄边找到了峨参，采食几日后，症状消失了。朵朵似乎每吃过一种药草就会记住它们生长的位置，日后有需求还会去那里寻找。

2021年，佳佳胃胀没食欲，无论给什么好吃的，它都歪着脑袋躲来躲去。黄昏时分，朵朵也带佳佳去田垄边吃峨参。乍一看，我就像在放牧两只小羊羔。新鲜峨参是可以当菜吃的，我也采回了一些准备做成凉拌菜。

它们吃了两天峨参，见效很快。娘儿俩从田垄上溜达回来后，佳佳的肚子就饿得开始咕咕叫了。我们路过花田，正好闻到王大姐饭馆里的大肘子刚出锅，香味四溢。佳佳顿时走不动了。母女俩一个劲儿地舔嘴巴、流口水。

咱家“家规”严，佳佳不敢上前去讨吃的，又实在舍不得那味儿，哈喇子流得满地都是，于是就缠着它妈。

朵朵哼了一声——“你看我身上哪儿有装钱的地方？”

肉香飘来，这当妈的肚子也饿了。两只狗交换一下眼色，于是，大街上就看见这两个活宝站在我跟前，一起作揖！行吧，买！

有食客看它俩作揖的样子可爱，就扔给它们两块肉，但它们不捡。

“叔叔，我们是来消费的，不是来卖艺的。”

于是，食客们开始“胁迫”我：“这两只小狗太乖了，必须满足它们！现在！立刻！马上！”

不买还不行了，制造舆论压力这一套，它俩使得挺好。

2020年，朵朵生下佳佳以后开始坐月子，它先后采食过益母草、鱼腥草。佳佳第一次吃鱼腥草，那怪味儿让佳佳还不太适应，但对四川人和四川人家的狗而言，这可是美味。

2021年，佳佳第一次经历生理期时，朵朵引导它采食过毛花点草和木天蓼枝条。

2022年盛夏，成都气温高达40度，还拉闸限电了。那段时间，走出室外，晒伤；待在室内，炼钢！医院里挤满了中暑的人。人尚且难熬，何况一身厚毛的狗。朵朵和佳佳热得绷直了四肢趴在地板上，直流口水，咳嗽，鼻头又干又烫。

到日落后，只要暑气略消，这母女俩就齐齐一扭头——“走！”还是那熟悉的动作，熟悉的流程，熟悉的配方。朵朵带着佳佳采食藿香、朴树叶等可以清热解毒、对抗中暑的药草。它俩相继退热，三五天后，咳嗽也止住了。

狗生病了可以自己寻药吃，人生病了却没同样的本事。一次，我也得流感了，在日复一日的昏睡中，朵朵一直在身边陪着我。佳佳则常常半夜凑上来闻闻我的鼻子，看看我还在喘气儿没有。确认我还是活的，它俩就放心地躺在我怀里，继续陪伴病中的我。

被它俩看护的时光中，我甚至做了一个奇怪的梦，梦见朵朵穿着长衫，戴着老花镜在替我把脉，它说：“我给你开个方子，你自己去地里抓药。”

兴许这个“狗界医生”开的药还管用些？但是我又怕吃错药，毕竟遵狗的医嘱需要很大的勇气。梦醒以后思来想去，还是算了。

虽然一直想不明白，狗到底是靠嗅觉、视觉，还是某种第六感指引它找到对症之药的，但也不得不承认，在观察朵朵“尝百草”的过程中，我也学到了一些辨识药草的知识。例如：具有活血消瘀功效的中草药，它们的形态常常是带刺的或者叶片呈现锯齿状的；具有利尿功效的中草药往往具备“管状而中空”的特点；治疗关节肿痛的中草药往往是藤节类的草。我猜想，当狗的病征初现的时候，它的身体出现亏损，就会渴望某种元素来补足，以重新达到平衡状态。如同我们渴了会去找水，馋了会想吃又辣又咸的食物一样，自然而然按需寻找，不需要过多思考。

农村无闲草，认识皆是宝。老一辈的农村人都知道，从前缺医少药又交通不便的时候，都是靠这些药草渡过一个又一个难关。只是现在久居城市的人们已经很少有人识得药草了。

后来，我把这些年朵朵找药草自疗的记录给三太公看。

“有几味药还挺难找的，”三太公乐了，“这是个小郎中啊！它也算是久病成良医了。”

“狗找的药能有人做的药靠谱吗？是药三分毒，我怕它吃死了。”

三太公告诉我，在中医里，有时所谓毒性就是药性，不能简单理解为中毒。服药草治病，无非以毒拔毒，以毒解毒。其实人们对很多草木的疗效的认识都是来自动物自救的提示。如果对中医有兴趣，可以了解一下本草学的知识，也读读《黄帝内经》。汉代的《神农本草经》可比古希腊和古罗马的“草学”历史早了好几百年，还有李时珍的《本草纲目》，这都是我们民族的宝贝。

农村的田园犬生病时没有精神了，主人往往就会将它“放出去”，让它自己找药草。虽然历经千百年的钻研与沉淀，人类用药更为讲究，但三太公也认同并尊重患者的意见。虽然不是所有宠物狗都有这种天赋，但毕竟朵朵是和田园犬一起在农村长大的。如果只是身体上的小毛病，朵朵自己要找药调养，我不会阻止它，它自有它的道理。这是动物与生俱来的生存本领。

元末明初的《说郛》中说到，神秘的白民国人曾献给神农一只神奇的药兽，这只药兽有一种特殊的技能——可以帮人治病。郎中只要轻轻抚摸药兽的身体，告诉药兽病人的病情，药兽就会自己跑到深山里衔回来一味药草，给病人服用后药到病除。这是一种能够识别药草药性并对症下药的神兽，而这个“药兽”恐怕是很多动物的结合。

自然界万物相生相克，动物往往更具以毒制毒的灵性，例如：狼用马勃粉末止血；牦牛吃虫草；在没有驱虫药的情况下，很多动物会吃一些有轻微毒性的植物以杀死体内的寄生虫，如鬃狼吃狼桃，狗吃南瓜子；黑猩猩肚子疼时会寻找一种可以抗病毒、驱虫和抗霉菌的苦叶；牝鹿在消化不良的时候也会寻找一种菌类蕈，服用后可健胃消食；野兔会将蜘蛛网缠绕在伤口上，因为蜘蛛网中含有可止血镇痛、消炎生肌的物质；红喉蜂虎会吃高岭土解毒……动物自己当医生的例子不胜枚举。

我们的先人曾经尝过百草，但并不是盲目地尝试，可能先观察动物，再进行有的放矢的验证，并不断总结经验教训，这是一个相当漫长的发展过程。

三太公推荐的书，我都找来慢慢学习。越是了解我们自己的民族文化，越发现先人留下来的智慧极有可能比西方以实验为基础的数理科学更接近我们一直在苦苦追寻的宇宙真相。

狗虽然有找药草自救的本能，但是很多自小生活在城市中的狗未必有机会尝试，一是因为不得自由；二是因为城市绿化带的植物往往都被喷过农药并施过化肥。

我们是否生活得太精致，太远离大自然了？

狗狗表示："我的老祖宗留给我的，我记住了，你还记得多少你的老祖宗留给你的？"

# 第二十七章

## 我现在才开始喜欢你

2022 年 7 月至 9 月末，气温超过 40 度。伴随着高温的，还有限电和地震。我们坐在阳台上，摇着蒲扇，既算居家，也算在户外。朵朵和佳佳就像指南针一样，哪怕在同一间屋里，我走到哪儿，它们也都掉转头来，始终把鼻尖指向我。

最近，家里倒是常有一个来探亲的——狗富贵。

天热，各家都把后院门打开，隔着河道遥遥相望打个招呼，也算邻里间有点人气。狗富贵就照样沿着水路钻进院里来，我没有再阻止它。

九月末的一天傍晚，我正在洗头，听见对岸的邻居在喊什么，听不真切。等我洗完头去亭子里隔河问起，邻居告诉我，狗富贵又下河扑腾了，但是它游不动了，正好被邻居看见，邻居就把它打捞起来，放走了。

一晃快三年，富贵老了。

那以后，我常把车库的卷帘门往上多开二十多厘米的缝，这样的高度刚好够狗富贵进出。家里的房门也打开一半，只关闭着纱门。这样狗富贵可以从陆路进前院，如果它胆大走到家门口，还可以隔着纱门闻到朵朵母女在这家里的气息。

它悄悄地进来时我能感觉到。每当察觉家门口有轻微异响的时候，我就蹑手蹑脚地走过去，一看果然是它。

只要看见我，富贵就会跑，所以我只能悄悄跪在地上，把手机也放在地上，从墙角推过去，屏住呼吸通过摄像头看它。富贵偷窥朵朵，我偷窥富贵。我看见狗富贵戴着一个项圈，是不是它的主人又重新接纳它了？

富贵这次带来的是松鼠，这么机灵的东西也不知道它是怎么逮到的。

这几年，原本难得一见的松鼠在整个四川地区泛滥了，地方政府出台了奖励政策，每捉一只松鼠奖励四块钱。如此看来，富贵算不算在给媳妇儿上缴工资？

三年了，狗的一生没几个三年，富贵就钟情于朵朵一个。

我把富贵的视频给朵朵看，朵朵得意得直舔鼻子。

我忍不住说："走，我带你去见见它？"

朵朵兴奋的眼神一闪而过，随即变得忧郁，默默地钻进床底，不再出来了。我不知道它在想什么，难道对狗狗而言也有所谓"相见不如怀念"的情愫吗？还是朵朵因失去了再做母亲的资格而自卑，绝育这件事对它的心理是有影响的？

后来，巡逻的保安大哥常常按响门铃提醒我："你们家的车库门没关好。"

我说：“我知道，专门留的。”

“不行，”保安大哥直摇头，“要关严，外面还是有坏人，提高警惕比较好。”

“行，我回头就关上！”保安大哥是为我好，我得配合。

临走，我又叫住保安，顺便问起了老阿姨家的狗富贵是怎么从家里放出来的。

“你说拐角那家人吗？”保安说，“那家人六月份就走了，可能是搬去海南养老了吧，狗没带走，一直在他们家大门外。说穿了，就是狗老了，不想养了呗。”

是啊，遗弃的理由都那么冠冕堂皇。这么些年了，富贵一直过着被驱逐、被丢弃的日子，到了老年，终究还是被彻底丢下了。

“你知道那狗多少岁了吗？”

“具体不清楚，我来这小区的时候就有它了，至少得有十年了吧。”

我知道富贵的性格，它是那种宁愿吃草，也不乞讨的狗。但是眼看天气转冷了，它就躺在那家门外的石阶上过夜，迟早会被冻死。村里的田园犬即使身强力壮，也还有个狗窝过冬呢，何况富贵也只是一只小型犬而已。

我给朵朵的木头狗窝里垫上软垫，消过毒，拜托保安大哥帮个忙，送到那家门外，好歹让富贵有个遮风避雨的栖身处。

保安大哥拿去后，没多久回来告诉我，那狗进窝了，似乎很高兴。我心里踏实下来，那窝带有朵朵的味道，富贵应该会喜欢。

毕竟我是在别人家门口放了个狗窝，我打开业主群想告诉那个阿姨，却发现她已经退群了。

好久不见的乌鸦嘴过来探望我。晚饭后，我送她出小区，路过狗富贵家门口，远远看见富贵在狗窝前伸懒腰。

乌鸦嘴称奇道："咦，这家人怎么把狗养在大门外头？"

"这家已经没人住了，"我叹口气，"它就是狗富贵。"然后我把事情跟乌鸦嘴讲了。

乌鸦嘴乐了："丈母娘送房啊？干脆你让它入赘得了。这是个好女婿。"

我也动心了，其实我早有这个想法，可是富贵每次见到我都怕得跟老鼠见到猫似的，今天它似乎还没有逃跑的打算，是因为没认出我吗？

我试着喊他："富贵，到我家来吧，我养你。"

富贵看见我了，也看了看乌鸦嘴，转身走了。这次，它没有手忙脚乱。

过了两天，我揣了几块肉干，带着朵朵和佳佳，去那家门前找富贵。朵朵远远看见富贵就站住了，小尾巴轻轻地摇。富贵也站住了，望着它的"心上狗"。我扔了一块肉干给它，富贵看都不看，它的眼里只有朵朵，它也轻轻地摇尾巴。

我放开朵朵和佳佳的狗绳："去吧，去见见。"

朵朵犹豫着走了几步，停下了。

“你俩可真磨叽。我都同意了，还不皆大欢喜一下？”

朵朵默默地回到我身边坐下，继续远望富贵。只有佳佳还挺激动，在它俩之间跑来跑去。佳佳是认识它爸爸的，它捕猎的本领还是跟着富贵学的呢。富贵就像被施了定身术一样，直愣愣地看着朵朵。它身后是和它一样静止不动的石狮子。

富贵不敢过来，我还能理解，朵朵也不敢过去，这我真搞不懂了。

我手里还剩两块肉干。我想了想，叫来佳佳，把一块肉干递给它。佳佳愣住了，我很少在外面给它东西吃，它闻着肉干歪着头，表示不理解我的意思。我又看到朵朵与佳佳交头接耳了一下，然后，佳佳的眼睛就亮了，它麻利地叼住了肉干，一蹦一跳地跑去它爸爸那里，把肉干一放，又蹦跳着回来，像个弹簧似的。

狗富贵看了我们起码有一分钟，目光逐渐变得柔和，它珍惜地叼起了女儿给的肉干，又回头望了我们一眼，迈着轻快的小碎步，消失在巷子口。

于是，我把剩下的两块肉干也让朵朵和佳佳叼着，抱起它俩，放在了石狮子的头上，我觉得富贵配得上在这里用餐。这也算是一家子的团圆饭了吧。

某天雨后，我取完包裹回家，迎面看见富贵在老地方望着朵朵的窗户，它也看见了我。

“你要进来吗？”我打开了院门。

但富贵还是走了，到拐弯的地方，它扭头望向我，轻轻摇了摇尾巴。

“臭小子，快三年了，这是你头一回冲我摇尾巴。”我知道，它还是会回到那家门口，选择与那对石狮子站在一起。

十一月，冬天来袭，寒气逼人，气温创新低。这些年的气候仿佛都是抽签决定的。火山爆发、地震、海啸，还有严寒与酷暑，人们关注到自然灾害的频发和气候的异常。

在家里，即使开了暖气也抵挡不住严寒，一家人还是得穿着厚厚的羽绒服，朵朵和佳佳也冻得牙齿打战。

我担心老年人禁不住冻，也怕朵朵关节病复发，果断决定去西双版纳，去一个有阳光的地方。

临走前，我把家门钥匙交给邻居老刘，拜托他帮忙喂鱼，偶尔来照看一下家里。

我曾动过念头，能不能把富贵也带走，但我根本靠近不了它。老刘说，不如他找机会收养富贵吧，他家松狮去世两年多了，一直也没养狗。真是这样也挺好，在相对熟悉的环境里，富贵更容易适应一点。

在西双版纳过元旦时，老刘在电话里跟我提起过富贵，他说他努力了两个月，富贵还是不肯吃他给的东西，仍然死守着原来的家。大伙儿试着抓它也抓不到。逼急了，富贵宁愿在那么冷的天往河里跳，也不肯跟任何人回家。大家怕冻伤了它，只得作罢。说完老刘还有些惋惜:“是只好狗,那家人配不上它。”

这狗真是倔啊!

2023年春暖花开时，我们一家回到了成都。我领着朵朵母女，拿着一大包牛肉再去那家门口看富贵，可是它不见了，狗窝也没了，向邻居们打听才知道，富贵已经走了。

春节前的一天夜里，有贼从后院翻进了那家院子。富贵听到了，怒吼着冲上去跟贼对抗，咬住贼的脚后跟就不撒嘴。富贵的脊梁被贼打断了，脑袋也被打破了，拼得满身是血，还跳下河里去追贼，但是它没能爬上岸。狗的狂叫声惊动了四邻，最后贼被保安抓住了。等人们发现富贵，把它捞起来时，它已经冻硬了。

富贵就埋在小区外的田地里，人们不知道它的名字，它在人们口中的称呼就是“好狗”。作为看家狗，富贵知道该咬什么样的人，它分得清善恶。

我按老刘指引的方位，带着朵朵和佳佳去看过一次富贵。富贵的埋骨处是一片广阔的麦田，余晖铺洒在麦田上，一切都金灿灿的。我想，等到麦子成熟，那一抹金色或许和富贵身上的颜色很像吧。

富贵尽管血统不纯，但爱很纯。在找朵朵的路上，或许它闻到的空气都是甜的。它一面棱角分明，一面温情四溢，它的心忠诚刚毅，为不值得付出心血的主人献出了自己的生命。

生命就是这样脆弱且匆忙。遇见的人、自然界的其他生灵

与事令我们感动，总有一些瞬间值得我们去铭记。所有晦暗，终将化作温暖流光，让我们徜徉在光里。

佳佳，你的爸爸是个英雄。

狗富贵，勿相忘……我现在才开始喜欢你，晚吗？

# 第二十八章

## 送别朵朵

2023年初，万物复苏，每个人似乎都带着新年的余韵，满怀希望地投入各自的工作与生活中。处理工作之余，我订购的电梯也终于运到家里了。为避免打扰到邻居，我和左邻右舍都商量好，他们或去城里居住或去度假一周，我抓紧在这一周内安装完电梯。

这是复工后的第一份订单，工人们积极性很高，他们白天打孔安装，晚上接线调试，每天争分夺秒地赶工。

佳佳时不时在卧室门口好奇地张望一会儿，看工人们忙碌。朵朵则一直躲在床下的安乐窝里，除了吃饭和散步，很少露面。

眼看电梯还有四天就完工，以后我上下楼就不用再抱着朵朵和佳佳爬楼了。

这天我带着朵朵与佳佳散步时，发现朵朵懒懒的，走几步路就坐下了，眼睛也常常半眯着，一副无精打采的样子。朵朵老了。它的毛发不再有光泽，鼻子“掉漆了”，眼睛周围的白毛也掉了许多，露出黑色的眼圈。它眼神倦怠，力不从心，走起路来也愈发迟缓与艰难。时间过得好快，狗变老就是一瞬间的事。

“朵朵，来，妈妈抱你走。”朵朵步履蹒跚地走过来，抬起头，饱含泪水地看着我，眼里全是不舍。

朵朵的左后腿无法着地，这应该是髌骨脱位了。我立刻打电话给三太公，让他把药“闪送”过来。这是朵朵之前吃过的药，见效很快，三太公加了一组镇痛的药，叮嘱我如果它痛得厉害，就吃点这个，尽量减少活动。他又说，他已经打听到一个做髌骨手术做得很好的医生，临床经验比较丰富。他帮我预约了，等我忙完就带朵朵去医生那里评估一下能不能做手术。

离电梯完工还有三天。

连日的狂风暴雨让我的颈椎病也犯了，疼得我头昏脑涨。每逢阴雨天，骨关节的疼痛就会加重，想来朵朵也疼得厉害吧。晚上，我按三太公的嘱咐给它吃了镇痛的药，把它抱上床休息后，我自己也贴上膏药，勉强躺下。

人一生病就会想起很多事，让我的心情更加低落。主要原因是有几个朋友的狗接二连三地离世了。那些狗只比朵朵大几岁。朋友们向我倾诉狗离世的情形，他们说着伤心，我听着也落泪。和狗在一起最大的遗憾就是，自己清楚地知道，不可能永远与它在一起。风雨人生路，它只能陪我一程，却不能伴我一生。

如今，朵朵已经七岁半了。这些年，我几乎忘记了它是只茶杯犬。据说茶杯犬只有四到六年的寿命。舞蹈症、脊髓空洞、神经炎、髌骨脱位，这些疾病时不时地发作，朵朵一直靠药物和理疗控制着病情。虽然我拼尽全力地为它治病，一次一次地撞向南墙，一次一次地想要挽留住它。可是，朵朵，是不是无论我如何努力，这一天也快要到了？

“它可能会突然离开，做好心理准备……也许有一天，你再也喊不醒它了……”三太公的话一直在我脑海中回响。

深夜，靠在床头，佳佳已经在我脚边睡着了，朵朵却一直没睡，卧在我身边，把下巴搭在我的腿上，专注地看着我，好像想认真记住我的模样。我抚摸着它略显干枯的毛发，轻轻和它说着话。听着朵朵逐渐平缓下来的呼吸声，我打开笔记本电脑，翻看它这些年的照片，发现朵朵是真的老了，老得那么快，仿佛我们相遇还是昨天的事——

朵朵，看哪，这是你小时候……

我抗拒再次养狗的那年，还是婴儿的朵朵住进了我的心窝，用孱弱的身躯和我共享着心跳。

我害怕长夜，朵朵便依偎着我睡，无论我何时惊醒，都不会因孤独而忧伤，因为它总是在我身边静静陪伴。当过往的痛失所爱成了束缚内心的枷锁，它一点一点将我带出失去狐狸的阴影，让我找回了快乐。

看哪，我们在大海边戏过浪，在小溪里摸过鱼，在飞机上看过云，在溶洞里探过险，在山林里追过鸟，在田垄间找过药，在草原上撒过欢，在玻璃栈道上发过抖……我们饱览山川，震惊于天地浩瀚；我们回归田园，享受着简单平淡；我们追逐阳光，收藏四季，种上满院的鲜花和果树。

朵朵不是完美的小狗，但我一直希望给它一个完整的家。它体弱多病，没有才艺。它胆子小，脾气倔，嘴还硬，臭毛病一堆。但我只要看见它，就觉得平静踏实，跟它吵个架都有温暖的感觉。

我也不是完美的主人，但无论我做的营养餐多难吃，它都会咽下去；无论我几点回家，哪怕是半夜，只要开门，都会发现它在门口等我。

知道它怕鞭炮声，我会在鞭炮声响时，帮它捂住耳朵。

知道我工作忙碌，它会在深夜催促我睡觉，会在凌晨起来陪我继续工作，会在地震来临前拍打我的脑袋把我唤醒。

它身单力薄，却为我跟两只大狗拼过命。它病魔缠身，却顽强地做了母亲，生下了一只健康的小狗。从那以后，它成了我们家的“长公主”。

它是家里的安保系统，也是我父母的开心果。

朵朵善良有爱心，求我捡回大黄，教导佳佳。因为它的陪伴，生活变得有趣，我学会在无人的空间与孤寂共存，把所有难熬的时间用来和它相处。

朵朵勇敢坚韧，承受着常人难以想象的病痛的侵扰，虽然历经多次大手术，但它每次醒来都会向我摇尾一笑——“别怕，我还在。”当我做完肿瘤切除手术后，它鼓励着我重启人生。它对待疾病与对待生命的态度是我不可多得的精神财富。

那些被我遗落的点点滴滴，像是无关痛痒，却在至暗的时候，托住了生活的重量，给了我继续前进的动力。

一张张，一幕幕，不只是照片，也是一个个无法复制的令人怦然心动的瞬间，是我们平凡而绚丽的生活。我们无法留住最美的时光，也难以判断一个瞬间的价值，直到它成为回忆。曾经以为老去是很遥远的事，但突然有一天发现青春已经是很久以前的光阴；总以为日子还远，时间还长，却忽略了岁月荏苒，花期已过。当身边的风景变成一道道回忆，却发现风景依然在，人已非少年。

我发现我的很多照片里都有朵朵，而照片中的它几乎都在看着我。如同此时，它卧在我身边，满眼都是我。原来，那些看似只有我一个人的时光，始终有一个影子跟着，日出相伴，日落相随。它无法开口说爱我，却把最好的都给了我。

谢谢你，朵朵，用一生陪伴着我。

2023 年 3 月 12 日，电梯进入最后的调试阶段，离完工还有两天。

我洗漱的时候还在想能不能在地面也加装一个按钮，这样狗也能自己操控电梯。洗漱完毕，我叫声“朵朵！佳佳！走吧！”，然后准备下楼。

走到卧室门口，发现只有佳佳在等我，却不见朵朵。我突然想起，刚才起床时就没看见朵朵，只有佳佳过来了。再往前回想，昨晚朵朵好像后半夜就不在我身边了，挨着我睡可是它长期以来的习惯啊——每天晚上陪着我，每天早上叫醒我，七年未变，今天怎么了？

“朵朵？”我抱起佳佳到处找朵朵，我的呼唤没有回应。我感觉不对劲，心里不安起来。

我趴在地板上，低头往床下找，那里有朵朵的安乐窝。我一看，朵朵的小身体陷在窝里，只看得见它的背影，它静静地躺着，一动不动……我想起它昨晚的眼神，一种不祥的预感袭来。我哽咽着又叫了它两声，没反应，甚至连耳朵都没有动一下。

它就这样静悄悄地走了，再也听不到我的呼唤了……晨风轻轻吹起它如雪的毛发，仿佛在叹息，它的灵魂已经离开这具身躯。我心爱的朵朵，从此消失在我的世界里了。

我泪眼婆娑，急忙蒙住了怀里佳佳的眼睛，我不想让它看到妈妈的离去，不愿让它经历这种悲伤。父母年纪大了，我也不想让他们伤心。

我深呼吸几下，克制住想哭的冲动，尽量让自己冷静下来，想先找邻居老刘，将佳佳暂时托付给他，再回来好好送朵朵。

# 第二十九章

## 勇敢面对

我的身体似在飘浮，我抱着佳佳刚走出家门，就忍不住哭出了声。

老刘接过佳佳，安慰我：“我们家松狮走的时候，我也是很难过的。事已至此，还是得想开点啊。”他给了我宠物“丧葬一条龙”的联系方式。

邻居们都知道了朵朵去世的消息，纷纷劝我别哭了，眼泪太多会挡住它离开人世的路。

符爷爷给了我一个精致的小木箱，原本是给他家的老年狗准备的，事发突然，他让我先给朵朵用。

我抱着木箱，擦擦眼泪，任由悲伤在内心汹涌澎湃。

我拖着沉重的步子回到家，推开门，再也没有小狗等我了；上楼，再也没有小狗要我抱了。还有两天电梯就装好了，以后不用爬楼了，可惜它都没等到。我的心怦怦直跳，仿佛朵朵还是小奶狗时在我怀里依偎的感觉；身边白影一闪，仿佛朵朵风华正茂时上楼的矫健身影。我不知道这样的幻觉还会持续多久。

当我终于踏上楼梯的最后一层，一抬头，空气突然凝固！

楼梯顶端坐着的是……朵朵？！我惊得打了一个嗝，站在原地呆住了。

揉揉眼睛再看，真是朵朵，它还活着？还有佳佳，它什么时候跑回来的？它们正在卧室门口探头探脑。我拍拍脑袋，赶紧把事情重新捋了一遍。施工一星期，人和狗都疲惫至极，加上接连三天的暴雨，让我关节疼得思维迟钝，难道朵朵是疼晕过去了吗？

我俩对视了好几分钟，还是朵朵先打破了僵局，它伸出小爪子招招手让我过去。

“我听说，你到处跟人说我死了？”

“朵朵，你听我解释，这里面有误会。”

“误会？我好不容易睡个安稳觉，你把棺材都备好了？”它盯着我手里的箱子。

我忙把箱子放下，好尴尬，准是佳佳告的状！

突然之间失而复得，我坐在楼梯上，一把抱起了朵朵，紧紧拥在怀里，亲了又亲。我想笑，可是更想痛哭一场。朵朵今早可能是在病痛中疼得昏迷了，我喊不醒它。可当它听见开门的声音，仍然没有忘记来迎接我，只是它没有力气走下楼了。

“朵朵……我想你了……”

“我原谅你啦！”朵朵眼睛一眯，亲了亲我的脸，嘴角上扬，摇起了尾巴。它爬下地，拖着后腿，缓缓走进卧室，按了一下它从来没按过的那个按钮——“我要吃药”。

原来它知道那按钮是什么意思。那我先不给它吃药了，去看医生吧。

抱着朵朵出门时，迎面碰到来追佳佳的老刘，尴尬之余，老刘开车送我们去了三太公那儿。

临走前，老刘说：“群里还有人让你节哀呢，要不你自己跟大家解释吧。”

“好，好。给大家添麻烦了。”我恨不得钻进地缝，好尴尬啊。

三太公边检查边忍不住笑：“那个止痛药本来就有镇定安眠的成分，那个时候它是在深睡，你怎么那么多戏？‘丧葬一条龙’联系好了？”

我捧着红成了番茄的脸，咬着嘴唇傻笑，也不想再解释什么了。有时候心理准备做得太充分了，也不是什么好事。

话说回来，不失去一次，可能体会不到自己拥有着什么。

# 第三十章

## 不要只看到这个世界的悲伤

2023年4月18日，朵朵扛过了又一轮大手术，手术名称是髌骨内脱截骨矫正。朵朵双腿打了四根钢钉，缝合了三十针。

一星期后，我领着佳佳去接朵朵出院。佳佳又想看它妈妈，又不敢进医院，一看到医院的招牌就吓得浑身发抖。我说："你发什么抖啊？到这种地方应该是我发抖才对。"

我来时，正好撞见朵朵术后第一次下地，它正在尝试站立，听到我的声音，竟挣脱了护士的搀扶，跌跌撞撞循声而来。它尾巴欢快地摆着，眼神中透着激动。区区断腿，不足以阻挡它奔向我的脚步。

"妈妈！我把南墙'撞塌'了，又可以多陪你几年了，我好想你！"

"我也好想你，朵朵！佳佳也想你！"

我曾经遇到过一个天使，它假扮成小狗的模样，来到我身边。它咬破了我的铠甲，带来了一线阳光。它抖落我一身的风霜，在我耳畔轻语，告诉我不要只看到这个世界的悲伤。

朵朵这只茶杯犬现在已经胖得有了水桶腰。一个曾经被遗弃在垃圾桶的“瑕疵品”，现在是我心爱的女儿。我为它写下了日记，从最初的有亦可，无亦然，到最后的情深如许，字字如泣。

我们的相遇的确是埋下了一颗悲伤的种子，可它开出的花却如此温暖和深情，结出的果实是暗淡无光的日子里的良药。动物总能带领我们进入更慈爱、更温柔的世界，拥之则安，伴之则暖。它们也将在生命的最后一刻教会我们勇敢面对现实。没有永恒的生命，也没有不老的青春。有意义的不是结果，而是和它们一起度过的无可替代的时间，那些看似波澜不惊

的日子。

我曾经害怕承受离别苦，而如今宁可痛苦也不要麻木。这就是活着的感觉，我接受时间带来的一切，相遇、相爱、相伴，也包括最终的离散。

在朵朵短短的生命里，它每一天都活得非常认真。它让我的人生又多了一份意义，学会平静、勇敢地去爱我们不确定的生活。未来岁月，即使满身风雨，我也会笑着走下去。

扶着父母，带着佳佳，小推车里载着朵朵。

郊外的原野，没人，有风，花在开的路上，又一年的春天来了……

# 后记



有人问我，如果朵朵走后，你还会养狗吗？

我会的，但绝不会再养茶杯犬！陪朵朵走过这么多年，它所承受的苦难，我都看在眼里。

不仅仅是茶杯犬，对于断尾、裁耳、去爪这些伤害狗的行为我都很排斥。我希望它们能以一种健康自然的方式生活在我们身边，而不是因为迎合人类病态的审美而遭受痛苦。

在写这本书之前，我一直在写故事集《我是狼》，而朵朵和佳佳每天陪我到深夜，它们时常会用小爪子扒拉我的手臂，提醒我该睡了。直到那天，朵朵一睡不起，我误以为它回“汪星”了，才意识到它在我心中的分量一点不亚于格林，更不亚于狐狸。

我们怀念过去的同时更要珍惜现在。于是我果断停下了那本书的写作，陪着朵朵做手术，带它进行术后康复，每天带着父母和朵朵母女去郊外散步。那段时间，我脑海里全是和朵朵相处七年多以来的点点滴滴。

于是，我一气呵成写下了此书。书名原为《嗨，茶杯犬》，因为我希望想养茶杯犬的人在网络上搜索的时候能看到这本书，能慎重考虑是否饲养茶杯犬。朵朵其实不算是标准定义上的茶杯犬，它只是茶杯犬产业链上的牺牲品。

实际上现在的书名背后还发生过一个故事。

某天，我用小推车推着朵朵在公园散步，一个路过的小女孩跑过来伸出小手，抚摸着朵朵的脑袋打招呼：“嗨，小狗狗！”她又看到朵朵被包裹住的双腿，问，“阿姨，它怎么了？”我说它刚动完手术，还不能走路。小女孩爱怜地捧着朵朵的脸：“嗨，小狗狗，你疼不疼啊？”那一刻，我想到不如就用小女孩的这句话作为书名吧。这也是喜爱狗的人们见到它时常说出的第一句话。

我的心路历程和想说的话都在书中。我真诚地希望将我与朵朵、佳佳的故事分享给喜爱动物的朋友、养着宠物的主人们和想要养狗的新朋友。我们共同呼吁抵制人为制造茶杯犬，别把我们的爱好建立在它们的痛苦之上；同时也期待出台和实施《伴侣动物保护法》。

2023 年 3 月 1 日初稿于西双版纳

2023 年 4 月 11 日二稿于成都

2023 年 10 月 21 日三稿于成都

2023 年 11 月 13 日四稿于成都

2024 年 9 月 16 日中秋终稿于成都